Jack London

Drei Sonnen am Himmel

Erzählungen

Bibliografische Information der Deutschen Nationalbibliothek:
Die Deutsche Nationalbibliothek verzeichnet diese Publikation in der Deutschen Nationalbibliografie; detaillierte bibliografische Daten sind im Internet
über http://dnb.dnb.de abrufbar.

Herstellung und Verlag: BoD – Books on Demand, Norderstedt

ISBN: 978-3-7448-5078-0

Inhaltsverzeichnis

Drei Sonnen am Himmel

Sitka Charley rauchte seine Pfeife und starrte nachdenklich auf ein Bild aus der Polizei-Zeitung, das an der Wand hing. Er starrte es schon seit einer halben Stunde ununterbrochen an, und ebenso lange beobachtete ich ihn verstohlen. Irgend etwas ging in seinem Kopfe vor. Was es aber auch sein mochte, so wußte ich jedenfalls, daß es verdiente, zur Kenntnis genommen zu werden. Er hatte vieles erlebt und seltsame Dinge gesehen, und er hatte das Wunder aller Wunder vollbracht, nämlich seinem eigenen Volke den Rücken zu kehren, und war – soweit es einem Indianer möglich ist – selbst in seiner Denkweise ein Weißer geworden. Oder wie er es selbst ausdrückte: er war in die Wärme gekommen, saß mit uns am Feuer und war einer der Unsrigen geworden. Er hatte nie lesen oder schreiben gelernt, aber sein Wortschatz war imponierend, und noch imponierender war, wie vollkommen er die Gesichtspunkte des weißen Mannes und die Stellungnahme des weißen Mannes den Dingen gegenüber erworben hatte.

Wir hatten diese einsame Hütte nach einem anstrengenden Reisetag unterwegs entdeckt. Die Hunde waren gefüttert, die Teller schon abgewaschen, die Betten bereitet, und wir genossen jetzt die schönste Stunde, die an jedem Tag, aber dafür nur einmal täglich, auf Wanderungen in Alaska wiederkehrt, nämlich die Stunde, da nichts mehr zwischen dem ermüdeten Körper und dem Bett steht, als das Rauchen der Abendpfeife. Irgendein früherer Bewohner der Hütte hatte ihre Wände mit Bildern aus Magazinen und Zeitungen dekoriert, und diese Bilder waren es, die Sitka Charleys Aufmerksamkeit seit dem Augenblick unserer Ankunft gefesselt hatten. Er hatte sie eingehend studiert, war immer wieder von einem zum andern zurückgekehrt. Und ich konnte sehen, daß in seinen Gedanken Unsicherheit und Verwirrung herrschten.

»Nun?« brach ich schließlich das Schweigen.

Er nahm die Pfeife aus dem Munde und sagte einfach: »Ich verstehe es nicht!«

Er sog an der Pfeife und nahm sie dann wieder aus dem Munde, um auf ein Bild aus der Polizei-Zeitung zu weisen.

»Das Bild – was bedeutet das? Ich verstehe es nicht.«

Ich schaute mir das Bild an. Ein Mann mit unwahrscheinlich häßlichem Gesicht fiel, die Hände dramatisch gegen das Herz gedrückt, rücklings zu Boden. Ihm gegenüber stand in Mann mit einem Gesicht, das eine Mischung von strafendem Engel und einem Adonis war, und hielt einen rauchenden Revolver in der Hand.

»Ein Mann tötet einen anderen«, sagte ich und merkte, daß ich selbst ein bißchen unsicher und auch nicht imstande war, es zu erklären.

»Warum?« fragte Sitka Charley.

»Das weiß ich nicht«, gestand ich.

»Dies Bild ist nur ein Abschluß«, sagte er. »Es hat keinen Anfang.«

»Es ist das Leben«, sagte ich.

»Aber Leben hat einen Anfang«, wandte er ein.

Für einen Augenblick war ich zum Schweigen gebracht, während sein Blick zu dem danebenhängenden Wandschmuck wanderte. Es war die photographische Wiedergabe einer »Leda mit dem Schwan« von irgendeinem unbekannten Maler.

»Das Bild da«, sagte er, »hat keinen Anfang. Es hat keinen Abschluß. Ich verstehe Bilder nicht.«

»Sieh dir das Bild da an«, gebot ich und zeigte auf ein drittes Bild. »Das stellt etwas dar. Sage mir, was es dir erzählt.«

Er betrachtete es einige Minuten.

»Das kleine Mädchen ist krank«, sagte er. »Da ist der Doktor, der sie untersucht. Sie sind die ganze Nacht aufgewesen. Sieh, es ist nur wenig Oel in der Lampe. Das erste Morgenlicht kommt zum Fenster herein. Es ist eine schlimme Krankheit – vielleicht wird das Kind sterben, deshalb sieht der Doktor so ernst aus. Da ist die Mutter. Es muß eine sehr schwere Krankheit sein, da die Mutter ihren Kopf auf den Tisch gelegt hat und weint.«

»Woher weißt du, daß sie weint?« unterbrach ich ihn. Du siehst ihr Gesicht ja gar nicht. Vielleicht schläft sie nur.«

Sitka Charley warf mir einen schnellen erstaunten Blick zu, dann sah er sich wieder das Bild an. Es war mir ganz klar, daß er seine Eindrücke nicht vernunftgemäß begründet hatte.

»Vielleicht schläft sie nur«, wiederholte er. Er betrachtete das Bild genauer. »Nein«, fügte er hinzu, »sie schläft nicht. An ihren Schultern kann man sehen, daß sie nicht schläft. Ich habe die Schultern einer Frau gesehen, die weinte. Die Mutter weint. Es muß also eine schwere Krankheit sein.«

»Und jetzt verstehst du das Bild also«, rief ich.

Er schüttelte den Kopf und fragte: »Das kleine Mädchen da ... sag mal ... stirbt das kleine Mädchen?«

Jetzt war die Reihe zu schweigen an mir.

»Stirbt es?« fragte er wieder. »Du bist ja ein Malermensch. Vielleicht weißt du Bescheid.«

»Nein, das weiß ich nicht«, gestand ich.

»Also ist es nicht das Leben«, erklärte er mit dogmatischer Strenge. »Im Leben würde das kleine Mädchen entweder sterben oder wieder gesund werden. Im Leben geschieht immer etwas. Im Bilde geschieht nichts. Nein, ich verstehe eure Bilder nicht.«

Er war ganz offensichtlich enttäuscht. Er hatte den aufrichtigen Wunsch, alles zu verstehen, was die weißen Männer verstanden, und hier, auf diesem Gebiet, versagte er. Ich empfand aber auch, daß eine gewisse Herausforderung in seiner Haltung lag. Er hatte sich in den Kopf gesetzt, daß er mich zwingen wollte, ihm die Weisheit der Gemälde zu enthüllen. Im übrigen hatte er ganz beachtenswerte Fähigkeiten, Bilder in seinem Geiste zu gestalten. Das hatte ich schon längst bemerkt. Er gestaltete alles in Bildern. Er sah das Leben bildhaft, legte es sich in Bildern zurecht. Und dennoch verstand er Bilder nicht, wenn sie durch die Augen anderer gesehen waren und von ihnen mit Farben und Linien auf die Leinwand gebracht wurden.

»Bilder sind Ausschnitte aus dem Leben«, sagte ich. »Wir malen das Leben so, wie wir es sehen. Denke dir zum Beispiel, Charley, daß du den Weg heraufkommst. Es ist Abend. Du siehst eine Hütte. Das Fenster ist erleuchtet. Du guckst eine Sekunde, zwei Sekunden vielleicht, durch das Fenster, du siehst etwas und gehst dann weiter. Vielleicht hast du einen Mann gesehen, der drinnen saß und einen Brief schrieb. Du hast etwas gesehen, das ohne Anfang und ohne Abschluß war. Es geschah nichts. Und dennoch war, was du gesehen hast, ein Ausschnitt aus dem Leben. Du wirst dich später daran erinnern. Es steht wie ein Bild in deinem Gedächtnis. Das Fenster ist der Rahmen des Bildes.«

Ich konnte sehen, daß es ihn stark interessierte. Und während ich sprach, hatte ich das Gefühl, daß er zum Fenster hinein blickte und den Mann seinen Brief schreiben sah.

»Du hast ein Bild gemalt, das ich verstehe«, sagte er. »Es ist ein echtes Bild. Es hängt in deiner Hütte in Dawson. Es ist viel Wahrheit darin. Es ist ein Spieltisch. Männer sitzen daran und spielen. Es ist ein hohes Spiel. Ohne Grenze.«

»Wie kannst du wissen, daß die Höchstgrenze aufgehoben ist?« fragte ich aufgeregt. Hier bot sich nämlich eine Gelegenheit, mein Bild von einem unparteiischen Richter beurteilen zu lassen, der nur das Leben kannte und von Kunst keine Ahnung hatte – von einem Manne, der ein wahrer Meister der Wirklichkeit war.

Außerdem war ich sehr stolz auf eben dieses Werk. Ich hatte ihm den Titel »Das letzte Spiel« gegeben und fand selbst, daß es eine der besten Arbeiten war, die ich je verfertigt hatte.

»Es liegen keine Chips auf dem Tisch«, erklärte Sitka Charley. »Die Männer spielen mit Marken. Das heißt, daß das Spiel bis in die Puppen geht. Einer spielt mit gelben Marken – vielleicht bedeutet so eine gelbe Marke tausend, vielleicht sogar zweitausend Dollar. Einer spielt vielleicht mit roten Marken. Und die mögen fünfhundert oder tausend Dollar das Stück wert sein. Es ist ein sehr hohes Spiel. Sie spielen alle sehr hoch, bis in die Puppen. Wie ich das wissen kann? Du hast die Wange des Croupiers ein bißchen heiß werden lassen.«

Ich war entzückt.

»Den Mann gegenüber läßt du sich im Stuhl etwas nach vorn beugen. Warum lehnt er sich vor? Warum ist sein Gesicht sehr ruhig? Warum hat der Croupier so heiße Wangen?

Warum sind alle Männer so still? Der Mann mit den roten Marken? Der Mann mit den gelben Marken? Der Mann mit den weißen Marken? Warum spricht keiner? Weil es um sehr viel Geld geht. Weil es das letzte Spiel ist.«

»Aber wie kannst du denn wissen, daß es das letzte Spiel ist?« fragte ich.

»Der König ist gedeckt. Und die Sieben wird offen gespielt«, antwortete er. »Keiner setzt auf die andern Karten. Die sind auch alle schon weg. Sie haben alle nur einen Gedanken, jeder spielt nur dahin, den König verlieren und die Sieben gewinnen zu lassen. Vielleicht verliert die Bank zwanzigtausend Dollar, vielleicht gewinnt sie. Ja, dieses Bild habe ich verstanden.«

»Und doch weißt du ja nicht, wie es ausgeht«, rief ich triumphierend. »Es ist das letzte Spiel, aber die Karten sind noch nicht aufgelegt. In dem Bilde werden sie es auch nie werden. Kein Mensch wird je wissen, wer gewinnt und wer verliert.«

»Und die Männer werden immer sitzenbleiben und nie sprechen«, sagte er, während sich Staunen und Ehrfurcht in seiner Miene ausprägten. »Und der Mann gegenüber wird sich immer vorlehnen, und die Wangen des Croupiers werden immer glühen. Es ist seltsam. Immer werden sie dasitzen, immer; und die Karten werden nie aufgelegt werden.«

»Es ist ein Bild«, sagte ich. »Es ist Leben. Du hast selbst derlei gesehen.«

Er sah mich an und überlegte. Dann sagte er, sehr langsam: »Ja, es ist, wie du sagst: es gibt da keinen Abschluß. Niemand wird je wissen, wie es ausgeht. Und doch ist es etwas Wahres. Ich habe es selbst gesehen. Es ist Leben.«

Lange saß er schweigend da und rauchte, während er über die Malerweisheit des weißen Mannes nachsann und sie durch Vergleiche mit dem wirklichen Leben auf ihre Wahrheit prüfte. Mehrmals nickte er, und ein- oder zweimal grunzte er. Dann klopfte er die Asche aus seiner Pfeife, stopfte sie sorgfältig und zündete sie, nach einer nachdenklichen Pause, wieder an.

»Dann habe auch ich viele Bilder aus dem Leben gesehen«, begann er. »Bilder, die nie gemalt worden sind, die nur meine Augen sahen. Ich habe sie geschaut, wie durch das Fenster, durch das ich den Mann den Brief schreiben sah. Ich habe viele Bruchstücke des Lebens geschaut, die ohne Anfang und ohne Abschluß, ja, ohne Sinn waren.«

Er änderte plötzlich seine Stellung, so daß er mir voll ins Gesicht blickte, und sah mich nachdenklich an.

»Sage mal«, meinte er. »Du bist doch ein Malermensch. Wie würdest du wohl das malen, was ich einst geschaut habe – ein Bild ohne Anfang, dessen Ende ich nicht verstanden habe, ein Stück Leben, das das Nordlicht zur Kerze und ganz Alaska zum Rahmen hatte?«

»Ein großes Bild«, murmelte ich.

Aber er hörte mich nicht, denn er sah das Bild seiner Erinnerung vor seinen Augen.

»Es gibt viele Titel für dieses Bild«, sagte er. »Aber es sind viele Nebensonnen darin, und deshalb fällt mir ein, es ›Die Nebensonnenwanderung‹ zu nennen. Es ist sehr lange her, sieben Jahre, es war im Herbst 97, daß ich die Frau zum ersten Male sah. Auf dem Lake Lindermann hatte ich damals ein Kanu, ein sehr gutes Peterborough-Kanu. Ich kam mit zweitausend Briefen, die nach Dawson sollten, über den Chilcootpaß. Ich war Briefkurier. Alle wollten damals nach Klondike. Sehr viele Menschen waren deshalb unterwegs. Sehr viele Leute fällten Bäume und machten Boote. Das Wasser gefror schon, es war Schnee in der Luft, Schnee am Boden, Eis auf dem See, Eis auf dem Fluß und auf den Wirbeln. Und mit jedem Tage kam mehr Schnee, mehr Eis. In einem, in drei, vielleicht in sechs Tagen – an irgendeinem Tage mußte alles gefrieren. Dann gab es kein Wasser mehr. Alles war vereist. Alle mußten zu Fuß gehen, sechshundert Meilen bis Dawson, ein sehr weiter Weg. Aber Boote sind schneller. Deshalb wollen alle in Booten hinfahren. Alle sagen sie: ›Charley, für zweihundert Dollar mußt du mich in deinem Kanu mitnehmen.‹ ›Charley, ich gebe dreihundert Dollar.‹ ›Charley, tu es für vierhundert Dollar.‹ Aber ich sage nein, immer wieder nein. Ich bin ja Briefkurier.

Früh am Morgen komme ich an den Lindermann-See. Ich bin die ganze Nacht gewandert und sehr müde. Ich bereite mir mein Frühstück, ich esse, dann schlafe ich drei Stunden am Ufer. Ich wache auf. Es ist zehn Uhr. Es schneit. Es ist windig, sehr windig, und der Wind ist günstig. Aber es ist auch eine Frau da, die im Schnee neben mir sitzt. Es ist eine weiße Frau, sie ist jung, sehr hübsch, vielleicht ist sie zwanzig, vielleicht fünfundzwanzig Jahre alt. Ich sehe sie an. Sie ist sehr müde. Es ist keine Tänzerin. Das sehe ich ganz deutlich – sie ist eine richtige Frau. Und sie ist sehr müde.

›Sie sind Sitka Charley‹, sagt sie. Ich stehe schnell auf und rolle die Decken zusammen, daß kein Schnee hineingelangt. ›Ich gehe nach Dawson‹, sagt sie. ›Ich fahre mit Ihrem Kanu. Wieviel?‹

Ich wünsche niemand in meinem Kanu mitzunehmen. Aber ich liebe es auch nicht, nein zu sagen. Also sage ich ›tausend Dollar‹. Ich sage es nur zum Spaß, damit die Frau nicht mit mir geht – es ist besser, als ein richtiges Nein zu sagen. Sie sieht mich sehr hart an. Dann sagt sie: ›Wann fahren Sie ab?‹ Ich sage: ›Sofort.‹ Da sagt sie, daß sie einverstanden ist und mir tausend Dollar geben will.

Was kann ich einwenden? Ich wünsche die Frau nicht mitzunehmen, aber ich habe nun einmal erklärt, daß sie für tausend Dollar mitkommen darf. Ich bin überrascht. Vielleicht scherzt sie nur, und ich sage daher: ›Zeigen Sie mir die tausend Dollar.‹ Und die Frau, diese junge Frau, die ganz allein unterwegs ist und hier im Schnee sitzt, nimmt tausend Dollar in Hundertdollarscheinen heraus, legt sie mir in die Hand. Ich sehe das Geld an, ich sehe sie an. Was soll ich sagen? ›Mein Kanu ist nur sehr klein‹, sage ich. ›Es hat keinen Platz für eine große Ausrüstung.‹ Sie lacht. Sie sagt: ›Ich bin ein großer Reisender. Das hier ist mein ganzes Gepäck.‹ Sie gibt einem kleinen Bündel im Schnee einen Fußtritt. Es sind zwei Pelzschlafsäcke, außen Leinen, und darin stecken ein paar Frauenkleider. Ich hebe das Bündel auf. Vielleicht im ganzen dreißig – vierzig Pfund. Ich bin überrascht. Sie nimmt es mir aus der Hand. Sie sagt: ›Kommen Sie, wir wollen abfahren!‹ Sie legt das Bündel in das Kanu. Was kann ich einwenden? Ich lege meine Decken auch hinein. Wir brechen auf.

Und so lernte ich die Frau kennen. Der Wind war günstig. Ich setzte ein kleines Segel. Das Kanu lief sehr schnell – es flog wie ein Vogel über die hohen Wellen. Die Frau hatte sehr große Angst. ›Warum gehen Sie nach Klondike, wenn Sie Angst haben?‹ frage ich. Sie lacht, ein hartes Lachen, aber sie ist immer noch sehr ängstlich. Sie ist auch sehr müde. Ich führe das Kanu durch die Stromschnellen nach dem Bennetsee. Das Wasser ist sehr schlimm, und die Frau schreit, weil sie sehr viel Angst hat. Wir überqueren den Bennetsee, Schnee, Eis, Wind wie ein Sturm, aber die Frau ist sehr müde und schläft ein.

In dieser Nacht lagern wir beim ›Windigen Arm‹. Die Frau sitzt am Feuer und ißt ihr Abendbrot. Ich betrachte sie. Sie ist hübsch. Sie ordnet ihr Haar. Es ist viel Haar, und es ist braun, aber manchmal, wenn sie den Kopf dreht, funkelt es wie Gold im Schein des Feuers und sprüht wie goldene Flammen. Die Augen sind groß und braun, manchmal warm wie eine Kerze hinter einem Vorhang, manchmal sehr hart und klar, wie das Eis, das birst, wenn die Sonne darauf scheint. Wenn sie lächelt – wie soll ich es ausdrücken – wenn sie lächelt, weiß ich, daß ein weißer Mann sie gern küssen möchte, genau so ist es, wenn sie lächelt. Sie hat nie schwere Arbeit getan. Ihre Hände sind weich wie die Hände eines kleinen Kindes. Sie ist überall rund und weich wie ein Kind. Sie ist nicht mager, sondern rund wie ein Kind. Ihre Arme, ihre Beine, ihre Muskeln rund und weich wie bei einem Kind. Ihr Leib ist schmal, und wenn sie aufsteht, wenn sie geht oder ihren Kopf oder ihren Arm bewegt, dann ist es – ja, ich kenne das Wort nicht – dann ist es sehr schön anzusehen, wie – nun, vielleicht kann ich sagen, daß sie Linien hat, wie die Linien eines guten Kanus, genau so ist sie, und wenn sie sich bewegt, ist es genau, wie wenn ein gutes Kanu sachte durchs Wasser gleitet, oder wie wenn es hüpft und springt, wenn das Wasser weiß, schnell und zornig ist. Es ist sehr gut anzusehen.

Warum kommt sie nach Klondike, ganz allein, mit einer Menge Geld? Ich weiß es nicht. Am nächsten Tage frage ich sie. Sie lacht und sagt: ›Sitka Charley – das ist etwas, das Sie nichts angeht. Ich gebe Ihnen tausend Dollar, um mich nach Dawson zu bringen. Das allein ist Ihre Sache.‹ Am nächsten Tage wieder frage ich, wie sie heißt. Sie lacht und sagt: ›Mary Johnson – so heiße ich.‹ Ich kenne sie nicht, aber eins weiß ich, nämlich, daß sie nie Mary Johnson geheißen hat.

Es ist sehr kalt im Kanu und wegen der Kälte ist ihr oft nicht gut. Manchmal fühlt sie sich wohl, dann singt sie. Ihre Stimme ist wie eine silberne Glocke, und mir ist sehr wohl dabei, ganz wie wenn ich in die Mission vom Heiligen Kreuz gehe. Und wenn sie singt, fühle ich mich stark und paddele wie ein wahrer Teufel. Dann lacht sie und sagt: ›Glaubst du, daß wir Dawson vor dem Frost erreichen?‹ Manchmal sitzt sie im Kanu, ihre Gedanken wandeln in weiter Ferne, und dann sind ihre Augen ganz leer. Sie sieht Sitka Charley nicht, sieht weder Eis noch Schnee. Sie ist ganz fern. Und wenn sie so in weiter Ferne weilt, geschieht es, daß ihr Gesicht einen Ausdruck hat, der nicht gut ist. Dann sieht ihr Gesicht aus, als wäre sie sehr zornig. Es ist das Gesicht eines Mannes, der einen anderen Mann töten will.

Der letzte Tag vor Dawson ist sehr schlimm. Ufereis, selbst auf den Wirbeln, Treibeis in der Strömung. Ich kann nicht paddeln. Ich kann nicht zur Küste gelangen. Es ist sehr gefährlich. Immer weiter treiben wir mit dem Eis nach Dawson. Diese Nacht hören wir viel Lärm von dem Eise. Dann bleibt das Eis stehen, das Kanu bleibt stehen, alles. ›Lassen Sie uns ans Ufer gehen‹, sagt die Frau. Ich sage nein, besser ist es, zu warten. Allmählich treibt alles wieder den Strom hinab. Es fällt viel Schnee. Ich kann nichts sehen. Um elf Uhr abends macht alles wieder halt. Um drei Uhr bleibt wieder alles stehen. Das Kanu zerschellt wie eine Eierschale, liegt aber oben auf dem Eis und kann deshalb nicht sinken. Ich höre Hunde heulen. Wir warten. Wir schlafen. Allmählich wird es Morgen. Der Frost ist da, und dort liegt auch Dawson. Das Kanu ist unmittelbar vor Dawson zerschellt und bleibt dort liegen. Sitka Charley und seine zweitausend Briefe sind mit dem allerletzten freien Wasser angekommen.

Die Frau mietet sich eine Hütte auf dem Hügel, und eine ganze Woche sehe ich sie nicht. Dann kommt sie eines schönen Tages zu mir. ›Charley‹, sagt sie, ›wollen Sie für mich arbeiten? Sie fahren Hunde, machen das Lager, reisen mit mir.‹ Ich sage ihr, daß ich als Briefkurier zuviel verdiene. Sie sagt: ›Charley, ich gebe Ihnen mehr Geld.‹ Ich erzähle ihr, daß Männer mit Hacke und Schaufel in den Minen fünfzehn Dollar täglich verdienen. Sie sagt: ›Das macht vierhundertfünfzig Dollar im Monat.‹ Und ich sage: ›Sitka Charley ist kein Mann für Hacke und Schaufel.‹ Da sagt sie: ›Ich verstehe, Charley. Ich werde Ihnen siebenhundertfünfzig Dollar monatlich geben.‹ Das ist eine gute Bezahlung, und ich beginne für sie zu arbeiten. Ich kaufe Hunde und Schlitten für sie. Wir fahren den Klondike, den Bonanza und den Eldorado hinauf, nach dem Indianerfluß hinüber, nach Sulphur-Creel, nach dem Dominion, zurück über die Wasserscheide nach Gold Bottom und nach ›Zuviel Gold‹ und wieder nach Dawson hinab. Und immer sucht sie irgend etwas. Ich weiß nicht, was. Ich bin verwirrt. ›Was suchen Sie?‹ frage ich. Sie lacht. ›Suchen Sie Gold?‹ frage ich. Sie lacht. Dann sagt sie: ›Das ist nicht Ihre Sache, Charley.‹ Und dann frage ich nie mehr.

Sie trägt einen kleinen Revolver in ihrem Gürtel. Manchmal übt sie sich unterwegs im Revolverschießen. Ich lache. ›Warum lachen Sie, Sitka Charley?‹ fragt sie. ›Warum spielen Sie mit so einem Ding?‹ frage ich. ›Er taugt nichts. Er ist zu klein. Er ist nur für Kinder, ein kleines Spielzeug.‹ Als wir nach Dawson zurückkehren, bittet sie mich, ihr einen guten Revolver zu kaufen. Ich kaufe ihr einen Colt 44. Er ist sehr schwer, aber sie trägt ihn immer im Gürtel.

In Dawson kommt der Mann. Welchen Weg er kommt, weiß ich nicht. Ich weiß nur, daß er ein Chechaquo ist – das, was ihr einen Grünschnabel nennt. Seine Hände sind weich wie ihre. Er hat nie schwere Arbeit getan. Er ist durch und durch weich. Zuerst denke ich, daß er ihr Mann ist. Aber er ist zu jung dazu. Außerdem brauchen sie immer zwei Betten nachts. Er ist vielleicht zwanzig Jahre alt. Seine Augen sind blau, sein Haar ist gelb, er hat einen kleinen Schnurrbart, der auch gelb ist. Er heißt John Jones. Vielleicht ist er ihr Bruder.

Ich weiß es nicht. Ich stelle keine Fragen mehr. Nur denke ich mir, daß er nicht John Jones heißt. Andere Leute nennen ihn Herr Girvan. Ich glaube auch nicht, daß das sein Name ist. Ich glaube auch nicht, daß sie Frau Girvan heißt, wie andere Leute sie nennen. Ich denke, daß niemand ihren wirklichen Namen kennt.

Eines Nachts bin ich in Dawson eingeschlafen. Da kommt er und weckt mich. Er sagt: ›Schirren Sie die Hunde an. Wir wollen abfahren.‹ Ich stelle keine Fragen mehr. Also schirre ich die Hunde an und wir fahren ab. Es geht den Yukon hinab. Es ist Nacht, es ist November und es ist sehr kalt – fünfundsechzig Grad unter Null. Sie ist schwach. Er ist schwach. Die Kälte schneidet. Sie werden müde. Sie weinen leise vor sich hin. Schließlich sage ich, daß es besser ist, wir machen halt und schlagen das Lager auf. Aber sie sagen, sie wollen weitergehen. Dreimal sage ich, daß es besser ist, zu lagern, aber jedesmal sagen sie, daß sie weitergehen wollen. Da sage ich nichts mehr. Die ganze Zeit, Tag und Nacht, geht es so weiter. Sie sind sehr schwach. Sie sind ganz steif und wund. Sie verstehen nichts von Mokassins, und ihre Füße quälen sie sehr. Sie humpeln, sie taumeln wie Betrunkene, sie weinen leise. Aber immer sagen sie: ›Weiter, weiter. Wir wollen weitergehen.‹

Sie sind wie Verrückte. Immer gehen sie, gehen und gehen. Warum gehen Sie weiter? Ich weiß es nicht. Nach Gold sind sie nicht aus. Es hat keine Goldfunde gegeben. Außerdem geben sie eine Menge Geld aus. Aber ich frage nicht mehr. Auch ich gehe nur immer weiter, weil ich ein guter Wanderer bin und gut bezahlt werde.

Wir kommen nach Circle City. Das, was sie suchen, ist nicht da. Ich denke, daß sie jetzt ausruhen werden, und daß auch die Hunde ruhen dürfen. Aber wir ruhen nicht, nicht einen einzigen Tag ruhen wir aus. ›Komm‹, sagt die Frau zu dem Mann. ›Laß uns weitergehen.‹ Und wir gehen weiter. Wir verlassen den Yukon. Wir überschreiten die Wasserscheide im Westen und biegen in das Tananaland ein. Hier sind neue Goldfunde gemacht. Aber das, was sie suchen, ist nicht da, und wir wandern wieder nach Circle City zurück.

Es ist eine schwere Reise. Der Dezember ist schon fast vorüber. Die Tage sind kurz. Es ist jetzt sehr kalt. Eines Morgens sind es über siebzig Grad Kälte. ›Besser, heute nicht weiterzugehen‹, sage ich. ›Sonst wird die kalte Luft nicht warm beim Atmen und wird ihren Lungenrand zerfressen. Dann werden sie einen sehr schlimmen Husten bekommen und vielleicht im nächsten Frühjahr eine Lungenentzündung.‹ Aber es sind Chechoquos. Sie verstehen das Wandern nicht. Sie sind wie tote Menschen, so erschöpft, aber sie sagen immer nur: ›Wir wollen weitergehen.‹ Wir gehen weiter. Der Frost beißt in ihre Lungen, und sie bekommen den trockenen Husten. Sie husten, bis ihnen die Tränen über die Wangen laufen. Wenn wir Speck braten, müssen sie vom Feuer weggehen, eine halbe Stunde im Schnee stehen und husten. Ihre Wangen erfrieren, daß die Haut schwarz und sehr wund wird. Dem Mann erfriert auch der eine Daumen, bis es ist, als ob ein Stück abfallen wollte, und er muß einen großen Däumling an seinem Fausthandschuh tragen, um den Finger warm zu halten. Und zuweilen, wenn der Frost sehr beißt, und der Daumen sehr kalt geworden ist, muß er den Fäustling ausziehen und die Hand auf die bloße Haut zwischen den Beinen legen, damit der Daumen wieder warm wird.

Wir humpeln in Circle City ein, und selbst ich, Sitka Charley, bin müde. Es ist Weihnachtsabend. Ich tanze, trinke, mache mir einen gemütlichen Abend, denn morgen ist Weihnachten, und wir werden rasten. Aber nein – es ist fünf Uhr morgens, Weihnachtsmorgen. Ich habe zwei Stunden geschlafen. Der Mann steht an meinem Bett. ›Kommen Sie, Charley‹, sagt er. ›Schirren Sie die Hunde an. Wir brechen auf.‹

Habe ich nicht gesagt, daß ich nicht mehr frage? Sie bezahlen mir siebenhundertfünfzig Dollar im Monat. Sie sind meine Herren. Ich gehöre ihnen. Wenn sie sagen: ›Charley, kommen Sie, wir wollen nach der Hölle fahren‹, dann schirre ich die Hunde an, nehme die Peitsche und fahre nach der Hölle. Deshalb lege ich den Hunden das Geschirr an, und wir wandern den Yukon hinab. Wohin gehen wir? Sie sagen es nicht. Sie sagen nur: ›Weiter! Weiter! Wir wollen weiter!‹

Sie sind sehr müde. Sie sind jetzt viele hundert Meilen gewandert, und sie verstehen das Wandern nicht. Dazu ist ihr Husten sehr schlimm geworden, dieser trockene Husten, der starke Männer fluchen und schwache Männer weinen macht. Aber sie gehen immer weiter. Tag für Tag wandern sie weiter. Nie lassen sie die Hunde ausruhen. Ueberall kaufen sie neue Gespanne. In jedem Lager, bei jeder Poststation, in jedem Indianerdorf spannen sie die müden Hunde aus und schirren frische an. Sie haben sehr viel Geld, Geld ohne Ende, und sie geben es aus, als ob es Wasser wäre. Sind sie verrückt? Manchmal glaube ich es, denn es ist ein Teufel in ihnen, der sie immer vorwärts treibt, immer weiter. Was ist es, das sie suchen? Es ist nicht Gold. Niemals versuchen sie im Boden zu graben. Ich denke schon sehr lange darüber nach. Dann meine ich, daß es ein Mann sein muß, den sie suchen. Aber was für einen Mann? Nie haben wir den Mann gesehen. Und doch sind sie wie lächerliche Wölfe, wie weichliche Wölfe, wie Wolfskinder, die noch nicht wissen, wie man einer Fährte folgt. Sie schreien nachts im Traum laut auf. Im Schlaf wimmern und stöhnen sie unter den Qualen ihrer Erschöpfung. Und am Tage weinen sie vor sich hin, während sie vorwärts wanken. Sie sind wirklich komische Wölfe.

Wir passieren Fort Yukon. Wir passieren Fort Hamiliton. Wir passieren Minook. Der Januar ist gekommen und schon halb vorbei. Die Tage sind sehr kurz geworden. Erst um neun Uhr wird es hell. Um drei Uhr wird es Abend. Und es ist sehr kalt. Selbst ich, Sitka Charley, selbst ich bin müde. Wollen sie denn diesen Weg ewig ohne Ende weiterlaufen? Ich weiß es nicht. Aber immer beobachte ich die Fährte, um zu sehen, was sie suchen. Es sind nur wenige Leute unterwegs. Manchmal wandern wir hundert Meilen und sehen kein lebendes Wesen. Es ist sehr still. Kein Laut ist zu hören. Manchmal schneit es, und wir sind wie wandelnde Gespenster. Hin und wieder wird es klar, und gegen Mittag scheint die Sonne über den Hügeln im Süden zu uns herab. Das Nordlicht flammt am Himmel auf, drei Sonnen tanzen da oben, und die Luft ist mit Reif gefüllt.

Ich bin Sitka Charley, ein starker Mann. Ich bin auf der Wanderung geboren und habe all meine Tage unterwegs verbracht. Und jetzt haben diese beiden Wolfssäuglinge mich doch müde gemacht, ich bin mager wie ein ausgehungerter Kater, ich freue mich jeden Abend auf mein Bett, und wenn ich morgens aufstehe, bin ich noch mächtig müde. Aber immer sind wir wieder unterwegs, ehe es hell geworden ist, und wir sind noch unterwegs, wenn es Abend geworden ist und die Dunkelheit über uns hereinbricht. Diese beiden Kinderwölfe! Wenn ich so mager wie ein ausgehungerter Kater bin, sind sie so mager wie Katzen, die überhaupt nie etwas zu fressen bekommen haben und schon tot sind. Ihre Augen liegen tief in den Höhlen und brennen manchmal wie im Fieber, dann wieder sind sie matt und welk wie die Augen eines Toten. Ihre Wangen sind hohl wie Höhlen in einer Felswand. Ihre Wangenhaut ist auch schwarz und rauh vom Frost. Manchmal sagt die Frau morgens: ›Ich kann nicht aufstehen. Ich bin außerstande, mich zu bewegen. Laßt mich sterben.‹ Und der Mann, der neben ihr steht, sagt: ›Komm – laß uns weitergehen.‹ Und sie gehen weiter. Und manchmal kann der Mann nicht weiter, und die Frau sagt zu ihm: ›Komm – laß uns weitergehen!‹ Aber das eine, was sie immer tun und nie lassen, ist, daß sie weitergehen. Immer wandern sie weiter.

Manchmal erhalten der Mann und die Frau an den Poststationen Briefe. Ich weiß nicht, was in den Briefen steht. Aber sie sind die Fährte, die sie verfolgen, diese Briefe selbst sind die Fährte. Einmal gibt ein Indianer ihnen den Brief. Ich spreche heimlich mit ihm. Er sagt, ein Mann mit einem Auge habe ihm den Brief gegeben – ein Mann, der schnell den Yukon hinab zieht. Das ist alles. Aber jetzt weiß ich wenigstens, daß die beiden Kinderwölfe den einäugigen Mann verfolgen.

Es ist Februar geworden, und wir sind schon fünfzehnhundert Meilen weit gewandert. Wir nähern uns der Beringssee, und dort gibt es Orkane und Schneestürme. Es ist ein schweres Wandern. Wir kommen nach Anvig. Ich weiß es nicht, aber ich bin überzeugt, daß sie in Anvig einen Brief bekommen haben, denn sie sind sehr aufgeregt und sagen: ›Kommen Sie schnell, wir wollen weitergehen.‹ Aber ich sage, daß wir erst etwas Lebensmittel kaufen müssen, und sie sagen, daß wir schnell und mit leichter Ausrüstung weiter müssen. Dazu erklären sie, daß wir Lebensmittel in Charley Mac Keons Hütte bekommen können. Da weiß ich, daß sie den Richtweg einschlagen wollen, denn Charley Mac Keon wohnt dort, wo der Schwarze Berg steht.

Ehe wir abfahren, spreche ich vielleicht zwei Minuten mit dem Priester von Anvig. Jawohl, ein Mann mit einem Auge ist vorbeigekommen und wandert schnell weiter. Und ich weiß, daß das, was sie suchen, der einäugige Mann ist. Wir verlassen Anvig mit sehr wenig Lebensmitteln und wandern schnell und mit kleiner Ausrüstung. Wir haben drei frische Hunde in Anvig gekauft und kommen schnell vorwärts. Der Mann und die Frau sind wie verrückt. Wir stehen morgens noch früher auf und wandern noch tiefer in die Nacht hinein. Manchmal erwarte ich, sie sterben zu sehen, diese beiden Wolfskinder, aber sie wollen nicht sterben. Sie gehen weiter, immer weiter. Wenn der trockene Husten sie allzusehr plagt, drücken sie die Hände gegen den Leib, krümmen sich im Schnee und husten und husten und husten. Sie können nicht gehen, sie können nicht sprechen. Vielleicht husten sie zehn Minuten, vielleicht eine halbe Stunde, und dann richten sie sich auf, während die Tränen vom Husten auf ihren Wangen zu Eis werden, und das erste, was sie sagen, ist: ›Kommt, laßt uns weitergehen.‹

Selbst ich, Sitka Charley, bin schrecklich müde, und ich finde, daß siebenhundertfünfzig Dollar im Monat eine sehr schlechte Bezahlung für die Arbeit ist, die ich leiste. Wir schlagen den Richtweg ein, und die Fährte ist ganz frisch. Die beiden Wolfskinder haben ihre Nasen ganz unten an der Fährte und rufen: ›Schnell!‹ Immerfort rufen sie: ›Schnell! Noch schneller!‹ Es ist hart für die Hunde. Wir haben nicht viel Futter und können ihnen nicht genügend zu fressen geben, und sie verlieren die Kräfte. Sie müssen auch schwere Arbeit leisten. Die Frau hegt ernste und aufrichtige Sorge um sie, und oft hat sie ihretwegen Tränen in den Augen. Aber der

Teufel in ihr, der sie immer weitertreibt, erlaubt nicht, daß wir halt machen und den Hunden Ruhe gönnen.

Und dann erreichen wir den einäugigen Mann. Er sitzt im Schnee am Wege, und sein Bein ist gebrochen. Deshalb hat er sich ein kümmerliches Lager bereitet, liegt schon drei Tage auf seinen Decken und nährt das Feuer. Als wir ihn finden, flucht er. Er flucht wie der Teufel. Nie habe ich jemand fluchen hören wie diesen Mann. Ich bin sehr froh. Jetzt, da sie gefunden haben, was sie suchen, werden wir Ruhe bekommen. Aber die Frau sagt nur: ›Laßt uns weiterkommen! Los!‹

Ich bin überrascht. Aber der Mann mit dem einen Auge sagt: ›Kümmern Sie sich nicht um mich, Geben Sie mir nur Ihre Lebensmittel. Sie können neue in der Hütte von Mc Keon bekommen. Schickt mir Mc Keon nach, aber geht selbst gleich weiter!‹ Hier ist wieder ein Wolf, aber ein alter Wolf, und auch er hat nur den einen Gedanken, weiterzugehen. Also geben wir ihm unsere Lebensmittel – es ist nicht viel – und wir schlagen Brennholz für sein Feuer, nehmen seine stärksten Hunde und gehen weiter. Wir ließen den einäugigen Mann im Schnee zurück, und er ist dort gestorben, denn Mc Keon kam nie, um ihn zu holen. Und wer dieser Mann war und warum er hierblieb, das weiß ich nicht. Aber ich denke mir, daß er von der Frau und dem Mann gut bezahlt worden war, um für sie zu arbeiten, wie ich es tat.

An diesem Tage und diesem Abend hatten wir nichts zu essen, und den ganzen nächsten Tag wanderten wir schnell weiter, aber wir waren alle schwach vor Hunger. Dann kamen wir an den Schwarzen Berg, der sich fünfhundert Fuß aus der Ebene erhob. Es war gegen Ende des Tages. Die Dunkelheit brach herein, und wir konnten die Hütte Mc Keons nicht finden. Wir schliefen hungrig ein, und am nächsten Morgen sahen wir uns nach der Hütte um. Sie war nicht da, was uns sehr seltsam erschien, denn jedermann weiß, daß Mc Keon in einer Hütte am Schwarzen Berge wohnte. Wir waren nahe der Küste, wo der Wind gewaltig weht und es sehr viel schneit. Ueberall waren kleine Schneehügel, die der Wind aufgehäuft hatte. Ich hatte einen Einfall und begann, in irgendeinem Hügel zu graben. Bald finde ich die Wände der Hütte und grabe weiter, bis die Tür frei ist. Ich gehe hinein. Mc Keon ist tot. Vielleicht liegt er schon seit zwei oder drei Wochen tot da. Er war erkrankt und hatte seine Hütte nicht verlassen können. Wind und Schnee hatten seine Hütte zugedeckt. Er hatte seine Lebensmittel aufgezehrt und war dann gestorben. Ich sah in seinem Depot nach, aber es waren keine Lebensmittel mehr da.

›Laßt uns weitergehen‹, sagt die Frau. Ihre Augen sind hungrig, und sie drückt die Hand auf ihr Herz, als ob es drinnen schmerzte. Sie schwankt wie ein Baum im Winde. ›Ja, laßt uns weitergehen‹, sagt der Mann. Seine Stimme klingt hohl wie das Krächzen eines alten Raben, und er ist wild vor Hunger. Seine Augen glimmen wie glühende Kohlen, und wie sein Körper schwankt, so schwankt auch seine Seele. Auch ich sage: ›Ja, wir wollen weitergehen.‹ Denn dieser eine Gedanke, der mich wie eine Peitsche jede einzige der fünfzehnhundert Meilen weitergehetzt hat, hat sich auch in meine Seele hineingebrannt. Und ich glaube, daß auch ich verrückt geworden bin. Und wir gehen weiter, ohne dem einäugigen Manne im Schnee einen Gedanken zu schenken.

Dieser Richtweg wird nur selten von Menschen benutzt. Es können zwei oder drei Monate vergehen, ohne daß jemand ihn geht. Die Fährte ist daher vom Schnee vergraben, und es gibt keine Anzeichen, daß Menschen je hier gewesen sind. Jeden Tag weht der Wind, und der Schnee fällt, und jeden Tag wandern wir weiter, während die Gier in unsern Mägen frißt und unsere Körper mit jedem Schritt schwächer werden. Zuerst beginnt die Frau zu fallen. Dann kommt die Reihe an den Mann. Ich falle nicht, aber meine Füße sind sehr schwer geworden, und ich bleibe oft mit den Zehen hängen und stolpere einmal über das andere.

Es ist die letzte Nacht im Februar. Ich töte drei Schneehühner mit dem Revolver der Frau, und wir kommen wieder ein bißchen zu Kräften. Aber die Hunde haben nichts mehr zu fressen. Sie versuchen ihre Sielen zu verzehren, die aus Leder und Walroßhaut sind. Ich muß sie mit einem Knüppel zurückscheuchen und die Geschirre an einem Baum aufhängen. Und die ganze Nacht heulen sie und streiten sich unter dem Baum. Aber wir kümmern uns gar nicht darum. Wir schlafen wie die Toten, und morgens stehen wir auf, wie Tote aus ihren Gräbern steigen, und wandern weiter.

An diesem Morgen war der erste März, und am selben Morgen sah ich die ersten Spuren dessen, den die beiden jungen Wölfe suchten. Das Wetter ist klar und kalt. Die Sonne bleibt länger am Himmel, schimmernde Nebensonnen stehen zu beiden Seiten, und die Luft klirrt vor Reif. Es schneit nicht mehr, und ich sehe die frischen Fährten von Hunden und Schlitten. Es ist nur ein Mann dabei, und an den Spuren im Schnee sehe ich, daß er keine Kraft mehr hat. Auch er hat nichts zu essen. Die jungen Wölfe sehen die frischen Spuren und sind sehr aufgeregt. ›Schnell!‹ rufen sie. Immer wieder sagen sie: ›Los, Charley, schneller! Schneller!‹

Aber wir kommen nur sehr langsam weiter, denn immer wieder fällt bald der Mann, bald die Frau. Wenn sie versuchen, auf dem Schlitten zu sitzen, sind die Hunde zu schwach, um sie zu ziehen, und fallen um. Zudem ist es so kalt, daß sie erfrieren werden, wenn sie auf dem Schlitten liegen. Ein hungriger Mensch erfriert nämlich sehr leicht. Wenn die Frau fällt, hilft der Mann ihr, wieder aufzustehen. Manchmal hilft die Frau dem Mann, wenn er gefallen ist. Ab und zu fallen sie beide, können nicht aufstehen, und ich muß ihnen immer wieder helfen, sonst bleiben sie liegen und müssen im Schnee sterben. Es ist eine sehr schwere Arbeit, denn ich bin selbst furchtbar müde – ich muß ja gleichzeitig die Hunde antreiben, und der Mann und die Frau sind sehr schwer, weil sie keine Kräfte mehr in ihren Körpern haben. Deshalb geschieht es auch hin und wieder, daß ich selbst falle, und ich habe keinen, der mir beim Aufstehen helfen kann. Ich muß allein aufstehen. Und ich komme auch wieder allein auf die Beine und treibe die Hunde an.

An diesem Abend schieße ich ein Schneehuhn. Wir sind schrecklich hungrig. Und an diesem Abend sagt der Mann zu mir: ›Um welche Zeit werden wir morgen aufbrechen, Charley?‹ Seine Stimme klingt wie die eines Gespenstes. Ich sage: ›Die ganze Zeit sind Sie immer um fünf Uhr morgens aufgebrochen.‹ ›Morgen‹, sagt er, ›morgen werden wir um drei

Uhr aufbrechen.‹ Ich lache mit großer Bitterkeit und sage: ›Sie sind ein toter Mann.‹ Und er sagt: ›Morgen fahren wir um drei Uhr weiter.‹

Und wirklich, wir brechen um drei Uhr auf, denn ich bin in ihrem Dienst, und was sie wünschen, das tue ich auch. Es ist klar und kalt. Kein Windhauch regt sich. Als es hell geworden ist, können wir weithin sehen. Und es ist sehr still. Wir hören keinen andern Laut als das Pochen unserer Herzen, und in der großen Stille ist dieses Geräusch sehr laut. Wir sind wie Schlafwandler und gehen wie im Traum, bis wir umfallen. Und dann wissen wir, daß wir wieder aufstehen müssen, und wieder sehen wir die Fährte vor uns und hören das harte Pochen unserer Herzen. Hin und wieder kommen mir, wie ich so in Träumen den Weg wandere, seltsame Gedanken. Warum lebt Sitka Charley, frage ich mich. Warum arbeitet Sitka Charley so schwer, warum hungert er, warum erduldet er alle diese Qualen? Für siebenhundertfünfzig Dollar im Monat tut er es, antworte ich mir. Und ich weiß, daß es eine sehr törichte Antwort ist. Aber es ist auch eine wahre Antwort. Und nach diesem werde ich mir nie mehr etwas aus Geldverdienen machen. Denn an diesem Tage kam eine große Erleuchtung über mich. Es war ein helles Licht, und ich sah klar, und ich weiß jetzt, daß ein Mensch nicht des Geldes wegen leben darf, sondern um einer Seligkeit wegen, die kein Mensch geben oder kaufen oder verkaufen kann, und die jenseits allen Geldwertes in dieser Welt liegt.

Im Laufe des Morgens erreichten wir das Lager, wo der Mann, der vor uns war, die letzte Nacht kampiert hatte. Es ist ein armseliges Lager, wie ein Mann es macht, wenn er hungrig ist und keine Kräfte mehr hat. Im Schnee sehen wir Fetzen von Decken und Leinwand, und ich wußte, was geschehen war. Die Hunde hatten ihr Geschirr gefressen, und er hatte aus den Decken neues verfertigt. Der Mann und die Frau starren mit harten Augen auf das, was übrig ist, und wie ich sie ansehe, fühle ich, daß es mir kalt über den Rücken läuft, wie wenn der kalte Wind meine bloße Haut berührt. Ihre Augen sind wild und verrückt vor Hunger und Erschöpfung und glimmen wie Kohlen tief in ihren Höhlen. Und ihre Gesichter sind wie die Gesichter von Menschen, die Hungers gestorben sind, und ihre Wangen sind schwarz von dem toten Fleisch der vielen Frostbeulen. ›Laßt uns weitergehen‹, sagt der Mann. Aber die Frau hustet und stürzt in den Schnee. Es ist der trockene Husten, der kommt, wenn der Frost die Lungen angefressen hat. Sie hustet sehr lange, dann kommt sie mühsam wieder auf die Beine, wie eine Frau, die aus ihrem Grabe kriecht. Die Tränen auf ihren Wangen sind zu Eis geworden, und ihr Atem röchelt, wenn er kommt und geht, und doch sagt sie: ›Laßt uns gehen!‹

Wir brechen auf. Und wir wandern wie im Traum durch die Stille. Und die ganze Zeit, die wir gehen, ist ein Traum, und wir fühlen keinen Schmerz mehr. Und jedesmal, wenn wir stürzen, werden wir aus dem Traum gerissen, wir sehen wieder, wach, den Schnee und die Berge und die frische Fährte des Mannes, der vor uns geht, und fühlen wieder unsere ganze Qual. Wir erreichen eine Stelle, wo wir eine weite Strecke überblicken können, und wir sehen auch das, was sie immer gesucht haben. Eine Meile vor uns sind schwarze Flecke auf dem Schnee. Die schwarzen Flecke bewegen sich. Meine Augen sind nicht klar, und ich muß meine Seele absteifen, um sehen zu können. Und dann sehe ich einen Mann mit Hunden und Schlitten. Auch die beiden jungen Wölfe sehen sie. Sie können nicht mehr sprechen, aber sie flüstern sich zu: ›Vorwärts! Vorwärts! Laßt uns eilen!‹

Und sie stürzen wieder, gehen aber doch weiter. Das Geschirr des Mannes vor uns reißt häufig, und er muß stehenbleiben und es flicken. Unser Geschirr ist in Ordnung, denn ich habe es jede Nacht an den Bäumen aufgehängt. Um elf Uhr ist der Mann nur noch eine halbe Meile vor uns. Er ist sehr schwach. Wir sehen ihn immer wieder im Schnee umfallen. Einer von seinen Hunden kann nicht weiterlaufen, und er schneidet ihn aus dem Geschirr. Aber er tötet ihn nicht. Ich töte ihn im Vorbeigehen mit meiner Axt, wie ich es mit meinen Hunden mache, wenn einer von ihnen ein Bein gebrochen hat und nicht weiter kann.

Jetzt sind wir nur dreihundert Schritt von ihm entfernt. Wir gehen sehr langsam. Vielleicht machen wir in zwei oder drei Stunden eine Meile. Immer wieder stürzen wir. Wir stehen auf und wanken einige Schritte, vielleicht drei oder vier, weiter, dann stürzen wir abermals. Und immerfort muß ich der Frau oder dem Manne helfen. Manchmal heben sie sich auf die Knie und fallen vornüber, vier- oder fünfmal, ehe sie wieder auf die Beine kommen, um wieder zwei oder drei Schritte zu gehen und abermals zu fallen. Aber sie fallen immer nach vorn. Ob sie stehen oder knien – immer stürzen sie vornüber und kommen dadurch jedesmal um eine Körperlänge weiter.

Hin und wieder kriechen sie auf Händen und Knien, wie wilde Tiere, die in den Wäldern leben. Wir bewegen uns wie die Schnecken vorwärts, wie sterbende Schnecken, so langsam gehen wir. Und doch gehen wir immer noch schneller als der Mann vor uns. Auch er stürzt immerfort, aber er hat keinen Sitka Charley, der ihm beim Aufstehen helfen kann. Jetzt ist er nur noch zweihundert Schritt entfernt. Nach sehr langer Zeit sind es nur noch hundert.

Es ist ein komisches Bild! Ich hätte Lust, laut zu lachen. Ha, ha! So, so lächerlich ist es. Es ist ein Wettrennen zwischen toten Menschen und toten Hunden. Es ist wie ein Traum, wie ein Alpdruck, in dem man um das Leben laufen muß und nur ganz langsam laufen kann. Der Mann, den ich bei mir habe, ist verrückt. Die Frau ist verrückt. Ich bin auch verrückt. Die ganze Welt ist verrückt. Und ich muß lachen – so komisch ist es.

Der fremde Mann vor uns läßt seine Hunde zurück und wandert allein weiter durch den Schnee. Nach langer Zeit erreichen wir seine Hunde. Sie liegen hilflos im Schnee, in ihren Sielen aus Deckenfetzen und Leinwand, den Schlitten hinter sich, und als wir vorbeigehen, winseln und heulen sie uns entgegen, wie kleine Kinder, die hungrig sind.

Dann lassen auch wir unsere Hunde zurück und gehen allein weiter durch den Schnee. Der Mann und die Frau sind ganz fertig, sie stöhnen und jammern und schluchzen, aber sie gehen doch immer weiter. Ich habe nur einen Gedanken: ›Den fremden Mann dort vorn einzuholen. Denn dann kann ich mich ausruhen, und erst dann darf ich es tun, und mir kommt es vor, als ob ich mich hinlegen und mindestens tausend Jahre ununterbrochen schlafen müßte, so müde bin ich.‹

Der fremde Mann ist jetzt fünfzig Ellen vor uns, ganz allein in dem weißen Schnee. Er fällt und kriecht, schwankt und fällt und kriecht wieder weiter. Er ist wie ein Tier, das schwer verwundet ist und jetzt versucht, dem Jäger zu entfliehen. Jetzt kriecht er auf Händen und Knien weiter. Er steht gar nicht mehr auf. Und auch der Mann und die Frau stehen nicht mehr auf. Auch sie kriechen ihm auf Händen und Knien nach. Aber ich stehe noch. Manchmal falle ich um, aber ich stehe immer wieder auf.

Es ist ein seltsamer Anblick. Rings sind Schnee und Schweigen, und durch den Schnee kriechen der Mann und die Frau und der fremde Mann, der vor uns ist. Zu jeder Seite der Sonne stehen andere Sonnen, drei Sonnen stehen gleichzeitig am Himmel! Der Reif ist wie Diamantenstaub, und die ganze Luft ist damit erfüllt. Jetzt hustet die Frau, und sie bleibt im Schnee liegen, bis der Anfall vorbei ist –dann kriecht sie gleich weiter. Jetzt späht der Mann nach vorn, er ist triefäugig wie ein Greis und muß sich erst die Augen reiben, ehe er überhaupt den Fremden sehen kann. Und der fremde Mann blickt über die Schulter zurück. Und Sitka Charley, der noch aufrecht geht, fällt und steht wieder auf.

Nach langer Zeit kriecht der fremde Mann nicht mehr weiter. Langsam stellt er sich auf die Beine und schwankt hin und her. Er zieht sich den einen Fäustling aus und wartet mit dem Revolver in der Hand, und während er wartet, schwankt er hin und her. Sein Gesicht besteht nur aus Haut und Knochen und ist voll schwarzer Frostbeulen. Es ist ein hungriges Gesicht. Die Augen liegen ganz tief in ihren Höhlen, und die Lippen heben sich wie zum Schnappen. Der Mann und die Frau erheben sich auch und gehen sehr langsam auf ihn zu. Und rings ist die Stille, ist der Schnee. Und am Himmel stehen drei Sonnen, und die ganze Luft strahlt und flimmert vom Diamantenstaub des Reifs.

Und da war es, daß ich, Sitka Charley, sah, wie die beiden jungen Wölfe ihren Mann töteten. Kein Wort wurde gesprochen. Nur der fremde Mann mit dem hungrigen Gesicht fauchte. Er stand schwankend da, seine Schultern hingen vornüber, seine Knie waren gebeugt und die Beine weit gespreizt, um nicht zu fallen. Der Mann und die Frau blieben in einer Entfernung von vielleicht fünfzig Fuß stehen. Auch sie spreizten die Beine, um nicht zu fallen, und auch ihre Körper schwankten hin und her. Der fremde Mann ist sehr schwach. Sein Arm zittert, so daß die Kugeln, die er auf den Mann schießt, in den Schnee spritzen. Der Mann kann seine Handschuhe nicht ausziehen. Der Fremde schießt wieder auf ihn, und diesmal geht die Kugel durch die Luft an ihm vorbei. Da zieht sich der Mann den Handschuh mit den Zähnen aus. Aber seine Hand ist erfroren, und er kann den Revolver nicht halten, so daß er in den Schnee fällt. Ich sehe die Frau an. Sie hat ihren Fäustling schon ausgezogen, und der schwere Colt ruht in ihrer Hand. Dreimal schießt sie, schnell hintereinander. Das hungrige Gesicht des Fremden sieht noch immer aus, als ob er beißen wollte, während er vornüber in den Schnee taumelt.

Sie sehen den Toten gar nicht an. ›Laßt uns gehen‹, sagen sie. Und wir gehen. Aber jetzt, da wir das gefunden haben, was sie solange suchten, sind sie so erschöpft, als wären sie tot. Die letzte Kraft haben sie hergegeben. Sie können nicht mehr auf den Füßen stehen. Sie haben nicht einmal Willen genug zum Kriechen, sondern nur den einen Wunsch, die Augen zu schließen und einzuschlafen. Nicht weit entfernt sehe ich einen guten Lagerplatz. Ich versetze ihnen Fußtritte. Ich hebe meine Hundepeitsche, und ich lasse sie den Riemen spüren. Sie schreien laut auf, aber sie müssen weiterkriechen. Und sie kriechen, bis sie den Lagerplatz erreichen. Ich lege das Feuer so an, daß sie nicht erfrieren können. Dann gehe ich zum Schlitten zurück. Ich töte die Hunde des fremden Mannes, so daß wir Nahrung genug haben und nicht zu sterben brauchen. Ich wickle den Mann und die Frau in ihre Schlafsäcke, und sie schlafen ein. Hin und wieder wecke ich sie und gebe ihnen ein klein wenig zu essen. Sie werden gar nicht richtig wach dabei, nehmen es aber zu sich. Die Frau schläft anderthalb Tag. Dann wird sie einen Augenblick wach und schläft abermals. Der Mann hingegen schläft zwei Tage ununterbrochen – dann wird er wach, legt sich aber wieder schlafen. Als das vorbei ist, gehen wir nach der Küste bei St. Michael hinunter. Und als die Beringsee wieder vom Eise befreit ist, fahren der Mann und die Frau mit einem Dampfer weg. Vorher aber zahlen sie für jeden Monat siebenhundertfünfzig Dollar, die ich guthabe. Dazu machen sie mir ein Geschenk von tausend Dollar. Und es ist dasselbe Jahr, in dem Sitka Charley der Mission vom Heiligen Kreuz sehr viel Geld schenkt.«

»Aber warum haben sie den Mann getötet?« frage ich.

Sitka Charley wartet mit der Antwort, bis er sich die Pfeife angezündet hatte. Er starrte das Bild aus der Polizeizeitung an und nickte ihm vertraut zu. Dann sagte er – und er sprach langsam und nachdenklich:

»Ich habe sehr viel darüber nachgedacht. Ich weiß es nicht. Es ist einfach etwas, das geschehen ist. Es ist ein Bild, dessen ich mich erinnere. Es ist, wie wenn man zum Fenster hineinblickt und einen Mann sieht, der dort sitzt und schreibt. Sie sind in mein Leben getreten und wieder aus meinem Leben verschwunden. Und das Bild ist, wie ich sagte, ohne Anfang, ohne Ende und ohne Erklärung.«

»Du hast viele Bilder in dieser einen Erzählung gemalt«, sagte ich.

»Oh ja«, nickte er. »Aber sie waren auch alle ohne Anfang und ohne Abschluß.«

»Das letzte Bild aber hatte doch einen Abschluß«, sagte ich.

»Oh ja«, antwortete er. »Aber was für einen?«

»Ein Stück Leben«, sagte ich.

»Ja«, bestätigte er. »Es war ein Stück Leben.«

Die Heirat der Lit-Lit

Als John Fox in das Land kam, wo der Whisky zu einer starren Masse gefriert, die man den größten Teil des Jahres hindurch als Briefbeschwerer benutzen kann, war er gänzlich frei von all den Idealen und Träumereien, die sonst dem Vorwärtskommen von Abenteurern, die eine bessere Kinderstube gehabt haben, Hindernisse in den Weg legen. An der unwirtlichen Grenze der Vereinigten Staaten geboren und erzogen, brachte er eine primitive Geistesart und eine Art, die Dinge anzufassen, wie sie nun einmal waren, mit nach Kanada, Eigenschaften, die ihm den Erfolg auf seiner neuen Lebensbahn ohne weiteres sicherten. Von einem einfachen Angestellten der Hudson Bay Company, der mit den Reisenden herumpaddelte und das Gepäck zwischen Seen und Flüssen auf seinem Rücken trug, stieg er schnell auf, wurde Faktoreileiter und übernahm die Leitung einer Handelsstation bei Fort Angelus.

Seine elementare Einfachheit ließ ihn sich eine eingeborene Frau nehmen, und infolge seines Eheglücks entging er der Unruhe und ziellosen Sehnsucht, die das Leben empfindsamer Männer zu einer Hölle machen, ihre Arbeit vernichten und sie selbst schließlich ganz zugrunde richten kann. Er lebte zufrieden, seine Art entsprach den Geschäften, die er zu betreiben hatte, und seine Laufbahn im Dienste der Company war deshalb von außergewöhnlichem Erfolg gekrönt. Ungefähr um diese Zeit starb seine Frau, wurde von ihrem Volke zurückverlangt und nach dem Ritual der Wilden hoch oben in einem hohlen Baumstamm beigesetzt.

Sie hatte ihm zwei Söhne geboren. Und als die Company ihn beförderte, reiste er mit ihnen noch tiefer hinein in die Einöde des nördlichen Territoriums, und zwar nach einem Ort, der Sin Rock genannt wurde. Hier, in einem wichtigen Pelzgebiet, übernahm er einen neuen Posten. Er verbrachte in dieser Gegend einige einsame und niederschlagende Monate. Das wenig ansprechende Aeußere der Indianermädchen stieß ihn ab, und seine Söhne, die im Aufwachsen waren und die

Sorgfalt einer Mutter dringend brauchten, machten ihm viel Sorge. Da fielen seine Augen auf Lit-Lit.

»Lit-Lit ... nun, sie ist eben Lit-Lit ...«, auf diese Weise schilderte er sie verzweifelt seinem ersten Untergebenen, Alexander Mc Lean.

Es war noch zu kurze Zeit her, daß Mc Lean sein schottisches Heim verlassen hatte – er war noch nicht trocken hinter den Ohren, wie John Fox sich ausdrückte – und konnte sich deshalb noch nicht an die Heiratsgewohnheiten des Landes gewöhnen. Nichtsdestoweniger hatte er von seinem Standpunkt aus nichts dagegen, daß der Faktoreileiter seine unsterbliche Seele gefährdete. Er wurde nämlich selbst auf gefährliche Weise von Lit-Lit angezogen und empfand deshalb eine düstere Befriedigung, als sie den Faktoreileiter heiratete und dadurch sein eigenes Seelenheil bewahrte.

Man darf sich auch nicht wundern, daß selbst die strenge schottische Seele Mc Leans Gefahr lief, von dem Sonnenschein, der aus den Augen Lit-Lits strahlte, aufgetaut zu werden. Sie war sehr hübsch. Sie war schlank wie eine Weide, und ihr Gesicht hatte nichts von der Derbheit und temperamentlosen Stumpfheit der meisten Indianerfrauen. Sie wurde Lit-Lit genannt, weil sie schon als Kind so flatterhaft gewesen und wie ein Schmetterling umhergehüpft war, weil sie launenhaft und fröhlich war, und weil sie ebensogern lachte, wie sie herumhupfte und tanzte.

Lit-Lit war die Tochter Snettishanes, eines berühmten Häuptlings des Stammes. Ihre Mutter war ein Mischling gewesen. An einem schönen Sommertage fuhr der Faktoreileiter zu ihrem Vater, um die Verhandlungen wegen der Heirat zu beginnen. Er saß mit dem Häuptling vor dessen Wohnung, eingehüllt vom Rauch eines Moskitofeuers. Sie unterhielten sich über alles mögliche unter der Sonne oder wenigstens von allem, was es im Nordland unter der Sonne gibt – nur nicht von der Heirat. John Fox war ausschließlich gekommen, um über die Heirat zu reden. Snettishane wußte das, und John Fox wußte, daß der andere es wußte, und deshalb vermieden beide mit peinlichster Sorgfalt dieses Thema. Man pflegt solche Dinge als Zeichen indianischer Schläue anzuführen. In Wirklichkeit ist es die durchsichtigste Einfalt.

Die Stunden vergingen, und Fox und Snettishane rauchten unzählige Pfeifen und sahen sich mit wunderbar gespielter Unschuld an. Im Laufe des Nachmittags spazierte McLean und sein kaufmännischer Kollege Mc Tavish mit nichtsahnender Gleichgültigkeit zum Flusse hinab. Als sie eine Stunde später wiederkamen, waren Fox und Snettishane mitten in einer höchst zeremoniellen Diskussion über den Zustand und die Qualität des von der Company in den Handel gebrachten Pulvers und Räucherspecks begriffen. Lit-Lit, die schon erriet, was der Faktoreileiter mit seinem Besuch beabsichtigte, hatte sich leise ans Fenster der Hütte geschlichen und guckte zu den beiden Wortkämpfern hinaus, die am Moskitofeuer saßen. Ihre Wangen waren gerötet, und ihre Augen strahlten glücklich, denn sie war stolz, daß kein Geringerer als der Faktoreileiter, der in der nordländischen Hierarchie Gott am nächsten stand, sie erwählt hatte. Sie war nach echter Frauenart neugierig, was für ein Mann es war. Das Flimmern der Sonne auf dem Eis und der Rauch des Lagerfeuers hatten sein Gesicht braun gebrannt, so daß ihr Vater ebenso hell war wie er, während sie sogar heller erschien. Sie war unbewußt froh darüber, aber wirklich unmittelbar erfreute es sie, daß er stark und groß war, wenn sein mächtiger schwarzer Bart sie auch fast mit Furcht erfüllte, weil er so fremdartig aussah.

Sie war sehr jung und wußte deshalb nichts von der Art der Männer. Siebzehnmal hatte sie gesehen, wie die Sonne gen Süden wanderte und sich hinter dem Horizonte verbarg, und siebzehnmal hatte sie gesehen, wie die Sonne wiederkam und Tag und Nacht am Himmel blieb, bis es überhaupt keine Nacht mehr gab. Und in all diesen Jahren war sie von Snettishane eifersüchtig gehegt und gepflegt worden. Er stellte sich stets zwischen sie und ihre Freier, hörte voller Verachtung die jungen Jäger an, die um ihre Hand baten, und wies sie ab, als stände Lit-Lit über allen Angeboten. Snettishane war ein gerissener Händler. Lit-Lit war für ihn ein Kapital, das er gut investieren wollte. Sie stellte in seinen Augen sogar ein

Kapital dar, aus dem er nicht nur einen einmaligen Gewinn, sondern unberechenbare Gewinne herausschlagen wollte.

Und nachdem sie in einer Weise erzogen worden war, die dem Nonnentum so nahe kam, wie die Verhältnisse innerhalb eines Stammes es überhaupt möglich machen, betrachtete sie jetzt mit großer mädchenhafter Unruhe den Mann, der sicherlich ihretwegen gekommen war, den Gatten, der sie alles, was ihr bisher vom Leben verborgen gewesen, lehren sollte – das herrische Wesen, das ihr Gesetz werden und alle ihre Handlungen für den Rest ihrer Lebenstage ermessen und bestimmen sollte.

Als sie aber so zum Fenster der Hütte hinausschaute, erregt und durchschauert von dem Gedanken an das seltsame Schicksal, das nach ihr griff, enttäuschte es sie doch, daß der Tag allmählich verging und ihr Vater und der Faktoreileiter immer noch feierlich alle möglichen Dinge besprachen, die anderes betrafen und gar nichts mit der Heirat zu tun hatten. Als die Sonne im Norden immer tiefer sank und Mitternacht sich näherschlich, begann der Faktoreileiter unverkennbare Vorbereitungen zum Aufbruch zu treffen. Als er sich zum Gehen anschickte, sank Lit-Lits Mut, hob sich aber gleich wieder, als Fox stehen blieb und sich halb auf dem Absatz umdrehte.

»Uebrigens, Snettishane«, sagte er .. »Ich möchte gern eine Squaw haben, die für mich waschen und die Kleider ausbessern könnte.«

Snettishane grunzte und schlug Wanidani, ein altes und zahnloses Weib, vor.

»Nein, nein«, unterbrach der Faktoreileiter. »Was ich will, ist eine Gattin. Ich habe ein wenig darüber nachgedacht, und da fiel mir jetzt eben ein, daß du vielleicht jemand wüßtest, die ich heiraten könnte.«

Snettishane schien Interesse zu fassen, worauf der Faktoreileiter wieder umkehrte, um wie zufällig und gleichgültig noch etwas zu bleiben und dieses neue Thema zu besprechen.

»Vielleicht Kattu?« fragte Snettishane.

»Die hat ja nur ein Auge«, wandte Fox ein.

»Laska?«

»Ihre Knie sind zu weit auseinander, wenn sie aufrecht steht. Kips, der dickste von deinen Hunden, kann zwischen ihren Beinen laufen.«

»Senati?« fuhr der unerschütterliche Snettishane fort.

Aber jetzt tat John Fox, als würde er wütend und rief: »Was sind das alles für Torheiten? Bin ich denn alt, daß du mich mit alten Weibern verheiraten willst? Habe ich keine Zähne mehr? Sind meine Beine lahm? Bin ich vielleicht blind? Oder bin ich so arm, daß kein helläugiges Mädchen mich freundlich ansehen will? Donnerwetter nochmal! Ich bin der Faktoreileiter, reich und mächtig, eine Macht hier im Lande, und die Männer zittern vor meinen Worten und folgen ihnen.«

Snettishane war innerlich sehr befriedigt, wenn sein sphinxhaftes Gesicht es auch nicht ausdrückte. Jetzt gedachte er den Faktoreileiter zu reizen und ihn zu nötigen, mit der Verhandlung zu beginnen. Da Snettishane ein so einfaches Geschöpf war, daß er nur einen Gedanken zurzeit fassen konnte, war er imstande, diesen Gedanken schon länger zu verfolgen als Fox. Denn so einfältig John Fox auch schien, war er doch kompliziert genug, um mehreren unklaren Gedanken gleichzeitig nachgehen zu können, aber er vermochte nicht einen davon so konzentriert oder aus solchem Abstand zu verfolgen wie der Häuptling.

Snettishane fuhr ruhig mit der Aufzählung der wählbaren Mädchen fort, aber jedesmal, wenn er einen Namen nannte, bezeichnete John Fox ihn als unmöglich, indem er die verschiedensten Einwände erhob. Wieder stand er auf und schickte sich an, nach dem Fort zurückzukehren. Snettishane sah ihn gehen und machte keinen Versuch, ihn zurückzuhalten. Er erreichte auch, was er wollte, denn Fox blieb von selber stehen.

»Da fällt mir ein«, meinte der Faktoreileiter: »Wir haben beide Lit-Lit vergessen. Ich möchte doch wissen, ob sie mich nicht nehmen würde.«

Snettishane nahm die Andeutung mit ernstem Gesicht entgegen, obgleich seine Seele hinter der Maske mächtig grinste. Es war ein unbestrittener Sieg. Wäre der Faktoreileiter nur einen Schritt weitergegangen, so hätte er Snettishane gezwungen, selbst den Namen Lit-Lits zu nennen. Aber der Faktoreileiter hatte diesen Schritt eben nicht gemacht.

Der Häuptling gedachte nicht, sich über Lit-Lits Eignung auszusprechen, bevor er den weißen Mann zum nächsten Schritt in der Verhandlung verleitet hatte.

»Gut ...« überlegte der Faktoreileiter laut. »Die einzige Möglichkeit, es festzustellen, ist, daß man es versucht.« Er begann etwas lauter zu sprechen. »Ich will also zehn Decken und drei Pfund Tabak, guten Tabak, für Lit-Lit geben.«

Snettishane antwortete mit einer Bewegung, die anzudeuten schien, daß die gesamten Decken und der gesamte Tabak in der ganzen Welt ihm nicht den Verlust Lit-Lits und ihrer mannigfachen Tugenden ersetzen könnten. Als der Faktoreileiter ihn nötigte, einen Preis festzusetzen, forderte er kühl fünfhundert Decken, zehn Gewehre, fünfzig Pfund Tabak, zwanzig rote Kleider, zehn Flaschen Rum, eine Spieldose und die allgemeine Unterstützung des Faktoreileiters, zuzüglich eines Platzes an seinem Herd.

Der Faktoreileiter schien einen Schlaganfall zu bekommen, was immerhin den sofortigen Erfolg hatte, daß die Zahl der Decken auf zweihundert reduziert und der Platz am Herde gestrichen wurde. An sich war letzteres auch eine unerhörte Forderung, die bei den Heiraten weißer Männer mit einheimischen Mädchen völlig ungebräuchlich war. Nach dreistündigem Kuhhandel gelangte man zu einer Verständigung. Für Lit-Lit sollte Snettishane hundert Decken, fünf Pfund Tabak, drei Gewehre, eine Flasche Rum und dazu die Unterstützung und Freundschaft seines Schwiegersohnes erhalten. Nach Ansicht John Fox' waren das immer noch zehn Decken und ein Gewehr mehr, als Lit-Lit wert war. Und als er endlich in früher Morgenstunde – die Sonne stand gegen drei Uhr gerade im Norden – aufbrach, kam ihm die unangenehme Klarheit, daß Snettishane ihn bei diesem Geschäft übers Ohr gehauen hatte.

Müde, aber siegesstolz ging Snettishane zu Bett und entdeckte dabei Lit-Lit, ehe es ihr gelungen war, zu entschlüpfen.

Er grunzte verständnisvoll: »Du hast also selbst gesehen. Hast selbst gehört. Demnach ist die große Weisheit und Klugheit deines Vaters dir offenbart worden. Ich habe einen großen Kampf für dich gewonnen. Nimm dir meine Worte zu Herzen und geh den Weg, den ich dir sage. Geh, wenn ich sage ›geh‹; komm, wenn ich dir befehle ›komm‹, und wir werden fett werden durch den Reichtum dieses großen Mannes, der ein Narr ist durch seine Größe.«

Am nächsten Tage wurde nichts Geschäftliches im Lager erledigt. Der Faktoreileiter gab schon vor dem Frühstück Whisky – zur großen Freude Mc Leans und Mc Tavishs –, die Hunde erhielten die doppelte Ration und er selbst zog seine feinsten Mokassins an. Vor dem Fort wurden große Vorbereitungen für einen Potlatsch getroffen. Potlatsch bedeutet »Geschenke geben«, und es war John Fox' Absicht, seine Heirat mit Lit-Lit durch einen Potlatsch zu verkünden, der an Glanz mit ihrer Schönheit wetteifern sollte. Im Laufe des Nachmittags traf der ganze Stamm zum Feste ein. Männer, Frauen, Kinder, ja, selbst Hunde fraßen sich zum Ersticken voll, und es gab – selbst unter den zufälligen Besuchern und verirrten Jägern aus anderen Stämmen – keinen, der nicht einen Beweis von der Großzügigkeit des Bräutigams erhalten hätte.

Lit-Lit, die scheu und ängstlich bis zu Tränen war, erhielt von ihrem bärtigen Gatten ein neues Kalikokleid, wunderbar gestickte Mokassins, ein mächtiges seidenes Tuch, das über ihr rabenschwarzes Haar gebunden wurde, eine purpurne Schärpe um den Hals, kupferne Ohr- und Fingerringe und eine ganze Schüssel voll Tombakschmucksachen, darunter auch eine Waterburyuhr. Snettishane konnte sich bei diesem Anblick kaum zügeln, aber er nahm sich in acht und hielt sich ein wenig abseits.

»Nicht diese Nacht, auch nicht die nächste«, sagte er nachdenklich zu ihr, »aber in den kommenden Nächten bist du es, die ich rufe, wenn du mich wie einen Raben am Flußufer drüben schreien hörst. Dann stehst du auf, verläßt deinen Gatten, der ein Narr ist, und kommst zu mir.«

»Nein, nein«, fuhr er schnell fort, als er die Unzufriedenheit in ihrer Miene sah, weil sie dem wunderbaren neuen

Leben den Rücken kehren sollte. »Kaum wird das geschehen sein, so wird dein großer Gatte, der ein Narr ist, winselnd nach meiner Hütte kommen. Dann mußt auch du jammern und sagen, daß dir dieses nicht gefällt, daß du jenes nicht liebst, und daß es schlimmer ist, die Frau des Faktoreileiters zu sein, als dem Preis entspricht, der für dich bezahlt wurde, und daß du deshalb mehr Decken und mehr Tabak und mehr Reichtum für deinen armen Vater, für den unglücklichen Snettishane haben willst. Vergiß es nicht, wenn ich nachts wie ein Rabe am Flußufer schreie.«

Lit-Lit nickte. Sie wußte wohl, wie gefährlich es war, ihrem Vater nicht zu gehorchen. Außerdem war es ja nur ein kleines Opfer, das er von ihr forderte – eine kurze Trennung von dem Faktoreileiter, der noch froher sein würde, wenn er sie wiederbekam. So kehrte sie also zum Fest zurück, und kurz vor Mitternacht nahm der Faktoreileiter sie an der Hand und führte sie unter Späßen und Rufen, wobei die Frauen sich besonders hervortaten, nach dem Fort.

Lit-Lit entdeckte sehr bald, daß eine Ehe mit dem Oberhaupt eines Forts noch besser war, als sie je geträumt hatte. Sie brauchte nicht mehr Brennholz und Wasser zu holen und streitsüchtige Männer an allen Ecken zu bedienen. Zum erstenmal in ihrem Leben konnte sie im Bett liegen bleiben, bis das Frühstück auf dem Tisch stand. Und was für ein Bett das war! Sauber, weich und bequem wie kein Bett, das sie je gesehen hatte. Und was für ein Essen sie bekam! Mehl, das zu Zwiebacks gebacken war, frisches feines Gebäck und Brot – dreimal täglich und zwar alle Tage, und soviel man nur haben wollte.

Ein solcher Ueberfluß war schier unbegreiflich.

Um ihre Zufriedenheit noch zu vermehren, war der Faktoreileiter von kluger Freundlichkeit. Er hatte eine Frau begraben, er wußte, wie man mit schlaffen Zügeln regieren mußte, die nur hin und wieder gestrafft werden mußten – dann freilich sehr kräftig. »Lit-Lit hat hier am Orte zu sagen«, erklärte er am Tage nach der Hochzeit beim Tisch. »Was sie sagt, wird getan. Verstanden?« Und Mc Lean und Mc Tavish verstanden. Sie wußten auch, daß der Faktoreileiter eine schwere Hand hatte.

Aber Lit-Lit nutzte das nicht aus. Sie nahm sich ein Beispiel an ihrem Manne, der ihr gleich die Sorge für seine jungen Söhne übertrug. Sie räumte ihnen größere Annehmlichkeiten und Freiheiten ein, als er ihnen gegeben hatte. Die beiden Knaben priesen ihre neue Mutter laut. Mac Lean und Mc Tavish stimmten ihnen bei. Und der Faktoreileiter prahlte mit seinem ehelichen Glück, bis sämtliche Einwohner des Sin-Rock-Bezirks über Lit-Lits gutes Benehmen und seine Zufriedenheit unterrichtet waren.

Als Snettishane, den Visionen unübersehbarer Gewinne des Nachts nicht schlafen ließen, dies erfuhr, meinte er, daß der Augenblick zum Eingreifen für ihn gekommen war. In der zehnten Nacht nach ihrer Hochzeit wurde Lit-Lit durch das Krächzen eines Raben aus dem Schlaf geweckt und wußte, daß Snettishane am Flußufer auf sie wartete. In ihrem großen Glück hatte sie die Verabredung ganz vergessen, und jetzt fiel sie ihr wieder ein, und hinter der Verabredung tauchte die kindliche Furcht vor dem Vater auf. Eine Weile lag sie ängstlich und zitternd in ihrem Bett. Sie hatte keine Lust, wegzugehen, fürchtete sich aber, zu bleiben. Zuletzt errang jedoch der Faktoreileiter in aller Stille den Sieg, und seine große Güte, aber nicht weniger seine gewaltigen Muskeln und sein viereckiges Kinn schenkten ihr den Mut, den Ruf Snettishanes zu überhören.

Als sie morgens aufstand, war sie freilich sehr ängstlich, und während sie ihren Pflichten nachging, bebte sie vor dem Augenblick, da ihr Vater kommen würde. Im Laufe des Tages begann sie indessen wieder mutiger zu werden. John Fox schalt mit lauter Stimme Mc Lean und Mc Tavish wegen irgendeines unbedeutenden Pflichtversäumnisses aus und stärkte dadurch ihre Tapferkeit. Sie achtete darauf, daß sie ihn nicht aus den Augen verlor, und als sie ihn in das große Lager begleitete und sah, wie er die mächtigen Ballen herumwarf, als ob es Federkissen wären, bestärkte auch das sie in ihrem Ungehorsam gegen den Vater. Es war auch das erstemal, daß sie das Lagerhaus sah (Sin Roch war die Hauptverteilungsstelle für eine ganze Reihe kleinerer Stationen) und die endlosen Mengen von Waren, die hier aufgestapelt waren, machten einen starken Eindruck auf sie.

Dieser Anblick und das Bild von der leeren Hütte Snettishanes, das in ihrem Gedächtnis auftauchte, überwanden auch, die letzten Zweifel. Aber erst einige Worte, die sie mit einem ihrer Stiefsöhne sprach, überzeugten sie ganz. »Ist weißer Papa gut?« fragte sie, und der Knabe antwortete, daß sein Vater der beste Mann sei, den er je getroffen hätte. In dieser Nacht schrie der Rabe wieder. In der folgenden Nacht schrie er noch energischer. Der Faktoreileiter wurde sogar dadurch geweckt und warf sich einen Augenblick unruhig hin und her. Dann sagte er laut: »Hol der Teufel den Raben!« Lit-Lit versteckte sich unter der Decke und lachte still vor sich hin.

Ganz früh am Morgen trat Snettishane auf unangenehme Weise in die Erscheinung. Er mußte sein Frühstück in der Küche bei Wanidani einnehmen. Er lehnte das »Frauenessen« ab, und kurz darauf stellte er seinen Schwiegersohn im Lagerhaus, wo die Geschäfte erledigt wurden. Er sagte ihm, er hätte gehört, daß seine Tochter ein solches Juwel sei. Deshalb sei er jetzt gekommen, um mehr Decken, mehr Tabak und mehr Gewehre zu erhalten – vor allem Gewehre. Er wäre seiner Ansicht nach übervorteilt worden und sei jetzt gekommen, damit ihm Gerechtigkeit zuteil würde. Aber der Faktoreileiter hatte weder Decken noch Gerechtigkeit zu vergeben. Darauf teilte Snettishane ihm mit, er habe bei den »Drei Steinen« den Missionar getroffen, und dieser hätte ihm erklärt, daß Ehen dieser Art nicht im Himmel geschlossen wären, und daß es folglich seine Pflicht als Vater sei, seine Tochter zurückzunehmen.

»Ich bin jetzt ein guter Christ«, schloß Snettishane seine Erklärung. »Und ich wünsche, daß meine Lit-Lit ins Paradies kommen soll.«

Die Antwort des Faktoreileiters war kurz und bündig. Er forderte nämlich seinen Schwiegervater auf, sich zum Teufel zu scheren, und begleitete ihn mit einem Griff am Genick und am Zipfel seiner Decke das erste Stück dieses Weges, jedenfalls bis zur Tür.

Aber Snettishane schlich sich auf die andere Seite und durch die Küche ins Haus. Er traf Lit-Lit in dem großen Wohnzimmer.

»Vielleicht hast du letzte Nacht zu fest geschlafen, als ich am Ufer rief«, begann er mit einem düsteren Blick.

»Nein, ich war wach und hörte dich.« Ihr Herz klopfte so stark, als sollte sie ersticken, aber sie sprach ruhig weiter. »Und vorgestern Nacht war ich auch wach und hörte dich rufen und ebenfalls in der vorhergehenden Nacht.«

Und infolge ihres übergroßen Glücks und aus Furcht, daß es ihr genommen werden sollte, stürzte sie sich in einen wirklich originellen und glühenden Vortrag über Lage und Rechte der Frau – der erste Vortrag über Frauenrecht, der je nördlich vom dreiundfünfzigsten Grad gehalten worden ist.

Der Vortrag machte indessen keinen Eindruck auf den Zuhörer. Snettishane gehörte noch dem finsteren Zeitalter an. Als sie eine Pause machte, um Atem zu schöpfen, sagte er drohend: »Ich schreie heute nacht wieder wie ein Rabe ...«

In diesem Augenblick betrat der Faktoreileiter das Zimmer und warf Snettishane hinaus.

In der Nacht krächzte der Rabe länger als je. Lit-Lit, die in leichtem Schlummer lag, hörte ihn und lächelte. John Fox warf sich unruhig hin und her. Dann wachte er auf und warf sich noch unruhiger hin und her. Er knurrte und fauchte, fluchte laut und fluchte leise und sprang schließlich aus dem Bett. Er tastete sich durch das große Wohnzimmer hinaus und nahm eine geladene Schrotflinte vom Haken, mit Vogelschrot geladen, das der unzuverlässige Mc Tavish darin gelassen hatte.

Der Faktoreileiter schlich sich vorsichtig aus dem Hause und zum Flußufer hinunter. Das Krächzen hatte aufgehört, aber er legte sich ins Gras und wartete. Die Luft war kühl und balsamisch, und nach der Hitze des Tages atmete die Erde ihm beruhigend entgegen. Eingefangen vom Rhythmus des Ganzen wurde der Faktoreileiter schläfrig und schlummerte bald, den Kopf auf den Arm gelegt, ein.

Fünfzig Schritt von ihm entfernt hockte Snettishane, mit dem Kopf auf den Knien, den Rücken gegen Fox gekehrt. Auch er schlief, von der milden Stille der Nacht besiegt. Eine Stunde verging – dann wachte er auf und begann, ohne den Kopf zu heben, die heiseren Kehllaute des Rabenkrächzens durch die Luft hallen zu lassen.

Der Faktoreileiter fuhr aus dem Schlummer auf, aber nicht, wie der zivilisierte Mensch, mit einem plötzlichen Ruck, sondern mit dem leisen, konzentrierten Hinübergleiten vom Schlafen ins Wachen. das den Wilden kennzeichnet. Beim unsicheren Licht der Nacht sah er einen dunklen Gegenstand im Gras und legte seine Büchse an. Ein neues Krächzen setzte ein und im selben Augenblick drückte er ab. Die Grillen hielten mit ihrem Zirpen inne, die wilden Vögel mit ihrem Schnattern, und das Krächzen des Raben hörte mit einem Schlage auf. Dann hörte man einen tiefen Seufzer, und es wurde still.

John Fox lief zu der Stelle hin, wo das Ding, das er getötet hatte, liegen mußte, aber seine Finger faßten einen groben Haarschopf, und er hob das Gesicht Snettishanes gegen das Sternenlicht. Er wußte, wie eine Schrotflinte auf fünfzig Schritt Entfernung wirkt, und er wußte auch, daß er Snettishane zwischen die Schultern und ins Kreuz getroffen hatte. Und Snettishane wußte, daß er das wußte, aber keiner von ihnen machte die geringste Andeutung davon.

»Was tust du hier?« fragte der Faktoreileiter. »Zu dieser Zeit sollten alte Knochen schon längst im Bett liegen.«

Snettishane wahrte seine Würde, obgleich die Hühnerposten in seinem Fleisch brannten.

»Alte Knochen wollen nicht schlafen«, sagte er feierlich. »Ich weine über meine Tochter, meine Tochter Lit-Lit, die lebte und jetzt tot ist, und die ohne Zweifel in die Hölle des weißen Mannes wandelt.«

»Weine künftig am anderen Ufer, so daß man dich vom Fort aus nicht hören kann«, sagte John Fox und drehte sich um. »Denn das Geräusch deines Weinens ist stärker als angenehm und läßt andere nachts nicht schlafen.«

»Mein Herz ist wund«, antwortete Snettishane. »Und meine Tage und Nächte sind schwarz vor Kummer.«

»So schwarz wie der Rabe«, sagte John Fox.

»So schwarz wie der Rabe«, wiederholte Snettishane.

Nie mehr aber hörte man das Krächzen des Raben am Ufer des Flusses. Lit-Lit entwickelte sich mit jedem Tage mehr und ist immer noch sehr glücklich. Es gibt auch Schwestern der Söhne, die John Fox mit seiner ersten Frau hatte, welche in einem hohlen Baum bestattet wurde. Der alte Snettishane besucht das Fort nicht mehr. Aber er kann stundenlang mit seiner dünnen, greisenhaften Stimme von der Undankbarkeit der Kinder im allgemeinen und seiner Tochter Lit-Lit im besonderen reden. Seine letzten Jahre werden von dem Bewußtsein verbittert, daß er übervorteilt wurde. Und selbst John Fox hat längst die Behauptung zurückgenommen, daß der Preis für Lit-Lit um zehn Decken und ein Gewehr zu hoch war.

Jees Uck

Das ist die Geschichte von Jees Uck, die Geschichte von Neil Bonner und Kitty Bonner und noch einigen Nachkommen Neil Bonners. Jees Uck gehörte einer dunkelhäutigen Rasse an, das ist nicht zu bestreiten, aber sie war keine Indianerin. Ebensowenig war sie eine Eskimofrau. Nicht einmal eine Innuitin. Wenn man auf der Spur der mündlichen Ueberlieferung zurückging, tauchte die Gestalt eines gewissen Skolz, eines Indianers vom Yukon auf, der in jungen Tagen nach dem großen Delta gewandert war, wo die Innuits wohnen. Und dort traf er eine Frau, deren man unter dem Namen Olillie gedenkt. Diese Olillie war nun das Kind einer Eskimofrau und eines Innuitmannes. Und Skolz und Olillie gebaren Halie, die zur Hälfte Toyaatin, zu einem Viertel Innuitin und zum letzten Viertel Eskimofrau war. Und diese Halie war die Großmutter Jees Ucks.

Nun heiratete aber Halie, in der schon drei verschiedene Rassen gemischt waren und die selbst durchaus kein Vorurteil gegen eine weitere Mischung hegte, einen russischen Pelzhändler namens Schpack, der seinerseits auch unter dem Namen »Großer Fettwanst« bekannt war. Schpack wird hier als Russe angeführt, weil es keine treffendere Bezeichnung gibt. Denn Schpacks Vater, ein slavischer Strafgefangener aus den unteren Provinzen, war aus den Quecksilberminen nach dem nördlichen Sibirien geflohen. Dort lernte er Zimba, eine Frau des Deer-Volkes kennen, und sie wurde die Mutter Schpacks, der wiederum der Großvater Jees Ucks wurde.

Wäre dieser Schpack nun nicht in seiner Kindheit von dem Volke, das den Rand des nördlichen Eismeeres mit seinem Elend verbrämt, gefangengenommen, so wäre er nicht der Großvater Jees Ucks geworden. Und folglich hätte auch die Geschichte nicht geschrieben werden können. Aber er wurde nun einmal von dem Küstenvolk gefangengenommen, entwich nach Kamschatka und gelangte dann mit einem norwegischen Walfänger in die Ostsee. Kurz darauf tauchte er in Sankt Petersburg auf, und es vergingen nicht viele Jahre, so reiste er denselben ermüdenden Weg ostwärts, den sein Vater ein halbes Jahrhundert früher mit Blut und Seufzern gewandert war. Aber Schpack war ein freier Mann, Angestellter der großen russischen Pelzkompanie. Und in dieser Eigenschaft reiste er immer weiter und weiter ostwärts, über das Beringsmeer bis nach Russisch-Amerika. Und in Pastolik, das nahe dem großen Delta des Yukons liegt, wurde er der Ehegatte Halies, die die Großmutter Jees Ucks werden sollte. Aus dieser Ehe stammte nur ein Mädchen, Tukesan.

Im Auftrage der Kompanie machte Schpack eine Kanufahrt von einigen hundert Meilen den Yukon hinauf bis zur Poststation Nulato. Halie und die kleine Tukesan begleiteten ihn. Das geschah im Jahre 1850, im selben Jahre, als die Flußindianer Nulato überfielen und es vom Erdboden auslöschten. Und das war auch das Ende Halies und Schpacks. In dieser furchtbaren Nacht entfloh Tukesan. Bis zu diesem Tage behaupten die Toyaats, nicht die Hand mit im Spiel gehabt zu haben. Aber wie dem auch sei, fest steht jedenfalls, daß die kleine Tukesan unter ihnen aufwuchs.

Tukesan wurde nacheinander zwei toyaatischen Brüdern zur Ehe gegeben, aber mit keinem von ihnen bekam sie ein Kind. Andere Frauen schüttelten deshalb die Köpfe, und es war nicht möglich, einen dritten toyaatischen Mann zu finden, der geneigt gewesen wäre, die kinderlose Witwe zu heiraten. Aber um diese Zeit lebte, viele hundert Meilen weiter aufwärts, in Fort Yukon ein Mann namens Spike O'Brien. Fort Yukon war eine Station der Hudson Bay Company, und Spike O'Brien war Angestellter dieser Firma. Er war ein tüchtiger Angestellter, war aber der Ansicht, daß der Dienst schlecht wäre, und setzte die Ansicht im Laufe der Zeit in die Praxis um, indem er desertierte. Die Fahrt durch die ganze Reihe von Stationen der Company bis zurück nach York Faktorei an der Hudson Bucht hatte ein ganzes Jahr in Anspruch genommen. Da es zudem lauter Stationen der Gesellschaft waren, von der er geflüchtet war, wußte er, daß er ihren Krallen nicht entgehen könnte. Es blieb ihm also nichts anderes übrig, als den Yukon hinabzufahren. Es war wohl richtig, daß kein Weißer es bisher gewagt hatte, den Yukon im Boot zu befahren, und kein Weißer wußte damals, ob der Yukon in das nördliche Eismeer oder in die Beringssee mündete. Aber Spike O'Brien war Kelte, und die Aussicht auf Gefahr war stets wie ein Köder gewesen, dem er nachlief.

Einige Wochen nach seiner Flucht trieb er die Nase seines Kanus gegen das Ufer im Dorfe der Toyaats. Er war ziemlich mitgenommen, beinahe verhungert und halbtot vor Flußfieber und verlor auch sofort das Bewußtsein. Während er langsam seine Kräfte wiedergewann, warf er in den Wochen, die jetzt folgten, seine Augen auf Tukesan und fand sie befriedigend. Genau wie der Vater Schpacks, der bis in sein hohes Alter hinein unter dem sibirischen Deer-Volk lebte, hätte auch Spike O'Brien seine alten Knochen bei den Toyaaten hinterlassen können. Aber die Romantik hatte ihn an den Wurzeln des Herzens gepackt und ließ ihn nicht mehr los. Wie er die Fahrt von Fort Faktorei nach Fort Yukon gemacht hatte, so wollte er auch, als erster aller Menschen, von Fort Yukon nach der See fahren und den Ruhm erringen, als erster die Nordwestpassage zu Lande bezwungen zu haben. Er reiste deshalb den Fluß hinab, errang den Ruhm, wurde aber nie in der Geschichte und in Liedern genannt. In späteren Jahren besaß er ein Logishaus für Matrosen in San Francisco und galt hier infolge der evangelischen Wahrheiten, die er erzählte, als einer der hervorragendsten Lügner, die man sich denken kann. Tukesan aber bekam mit ihm ein Kind, obgleich sie bisher kinderlos gewesen. Und dieses Kind war Jees Uck. Ueber ihre Abstammung ist hier so genau berichtet, um zu zeigen, daß sie weder Eskimofrau, noch Indianerin, noch Innuitin oder sonst etwas war.

Infolge des unruhigen Blutes in ihren Adern und der Erbschaft der vielen gemischten Rassen entwickelte Jees Uck sich zu einer wunderbaren jungen Schönheit. Sie mochte bizarr und orientalisch genug sein, um irgendeinen vorbeikommenden Ethnologen in Verlegenheit zu setzen. Geschmeidige und schlanke Anmut war ihr besonderes Kennzeichen. Abgesehen von einem belebenden Schwung der Einbildungskraft trat der Anteil des keltischen Blutes nicht in ihrem Wesen in die Erscheinung. Er mag vielleicht dem Blut unter der Haut eine besondere Wärme verliehen haben, die ihre Farbe weniger dunkel und ihre Gestalt schöner machte. Aber das konnte auch von Schpack herrühren, dem »Großen Fettwanst«, der das slavische Blut seines Vaters ererbt hatte. Schließlich hatte sie große funkelnde, schwarze Augen – das Auge des Mischlings, ein rundes, volles und sinnliches Auge, das die Mischung von dunkler und heller Rasse andeutet. Auch machte das weiße Blut in ihr – in Verbindung mit dem Bewußtsein, daß es da war – sie in gewisser Weise ehrgeizig. Im übrigen war sie in Erziehung und Lebensbetrachtung voll und ganz eine Toyaat.

Als sie noch ein junges Mädchen war, trat eines Winters Neil Bonner in ihr Leben. Aber das tat er genau auf dieselbe Weise, wie er ins Land kam, nämlich ein wenig zaudernd. Tatsächlich kam er sogar sehr wider Willen ins Land. Zwischen einen Vater, der nur Kupons schnitt und Rosen pflegte und eine Mutter, die den gesellschaftlichen Verkehr über alles liebte, hatte er sich eigentlich verirrt. Er war durchaus nicht lasterhaft. Aber ein Mann, der Fleisch im Leibe und sonst auf der ganzen Welt nichts zu tun hat, muß seine Energie irgendwie zur Entfaltung bringen, und ein Mann dieser Art war Neil Bonner. Er entfaltete seine Energie in solcher Weise und in solchem Maßstab, daß sein Vater, Neil Bonner sen., als die Katastrophe eintraf, in panischem Schrecken aus seinem Rosenbeet auftauchte und seinen Sohn mit staunenden Augen anblickte. Dann verschwand er zu einem Freund, der sich ähnlichen Interessen widmete, und mit dem er sich über Kupons und Rosen zu besprechen pflegte, und zwischen diesen beiden wurde das Schicksal des jungen Neil Bonner festgelegt. Er mußte gehen, zunächst auf Probe, um seine harmlosen Torheiten unterdrücken zu lernen, um sich später zu ihrem hervorragenden Standpunkt heraufschwingen zu können.

Nachdem dies beschlossen war – der junge Neil war ein bißchen reuig und sehr beschämt – war alles übrige ja leicht genug. Die Freunde besaßen ein großes Aktienpaket der P. C. Company. Diese P. C. Company besaß ihrerseits ganze Flotten von Fluß- und Ozeandampfern, und neben diesem Durchpflügen der See beutete sie auch Hunderttausende von

Quadratmeilen des Landes aus, das auf den Karten der Geographen in der Regel durch weiße Flecken angegeben wird. Die P. C. Company schickte also den jungen Neil Bonner nach dem Norden, wo die weißen Flecken auf den Karten zu sehen sind, um dort ihre Interessen zu wahren und so brav wie sein Vater zu werden. »Fünf Jahre einfaches Leben, Erdverbundenheit und ohne Versuchungen werden einen Mann aus ihm machen«, sagte der alte Neil Bonner und kehrte sofort wieder zu seinen Rosen zurück. Der junge Neil biß die Zähne zusammen, stellte sein Kinn in den richtigen Winkel ein und ging auf die Arbeit los. Als Untergebener machte er seine Arbeit gut, und seine Chefs waren mit ihm zufrieden. Nicht, daß die Arbeit ihm Freude bereitet hätte, aber sie war das einzige, was noch hinderte, verrückt zu werden.

Das erste Jahr wünschte er, tot zu sein. Im zweiten Jahre verfluchte er Gott. Im dritten Jahre teilte er sich zwischen diesen beiden Standpunkten, und in der daraus entstehenden Verwirrung geriet er in Streit mit einem Mann von Autorität. Dieser Streit machte ihm das größte Vergnügen, obgleich der Mann mit der Autorität das letzte Wort behielt, und dieses Wort Neil Bonner an einen Ort schickte, der seinen bisherigen Aufenthaltsort als ein reines Paradies erscheinen ließ. Aber er ging dorthin, ohne mit der Wimper zu zucken, denn der Norden hatte ihn wirklich zu einem Manne gemacht.

Hier und da findet man auf den weißen Flecken der Karte kleine Kreise, die wie der Buchstabe o aussehen und neben diesen Kreisen stehen – auf der einen oder der andern Seite – Namen wie »Fort Hamilton«, »Yanana Station« oder »Twenty Miles«, was einen zu dem Glauben verführt, daß die weißen Flecke ganz voll von Städten und Dörfern sind. Aber es ist ein eitler Glaube. »Twenty Miles«, das genau wie alle anderen Stationen dieser Art aussieht, besteht aus einem Blockhaus von der Größe eines gewöhnlichen Eckladens, mit Räumen, zu denen man auf einer Treppe hinaufsteigt. Ein stelzbeiniger Lagerschuppen auf Pfählen mag sich hinten im Hof befinden, außerdem einige Hintergebäude. Der Hof hat keinen Zaun und geht bis zum Horizont und noch ein unbestimmbares Stück darüber hinaus. Andere Häuser sind überhaupt nicht zu sehen, wenn auch die Toyaatindianer hin und wieder eine oder zwei Meilen den Yukon abwärts ein Winterlager beziehen. So sieht »Twenty Miles« aus, einer von den vielen Fangarmen der P. C. Company. Hier macht der Vertreter mit Hilfe eines Assistenten Tauschgeschäfte mit den Indianern, um ihr Pelzwerk zu bekommen, und manchmal auch ein Geschäft mit vorbeiwandernden Minenarbeitern, wobei der Goldstaub als Zahlungsmittel gilt. Hier sehnen sich Vertreter und Assistent den ganzen Winter lang nach dem Frühling, und wenn der Frühling dann kommt, liegen sie fluchend auf dem Dach, während der Yukon das Gebäude umspült. Und hier war es, wo Neil Bonner im vierten Jahre seines arktischen Aufenthaltes eine Anstellung erhielt.

Er verdrängte keinen anderen Agenten, der seinetwegen hätte versetzt werden müssen, denn sein Vorgänger hatte Selbstmord begangen. »Weil er das Leben hier nicht ertragen konnte«, sagte der Assistent, der noch da war. Freilich erzählten die Toyaaten, wenn man bei ihnen am Feuer saß, eine andere Version. Der Assistent war ein Mann mit eingefallenen Schultern und hohler Brust. Sein Gesicht sah wie das einer Leiche aus, seine Wangen waren hohl, was nicht einmal sein dünner schwarzer Bart zu verbergen vermochte. Er hustete viel, als ob seine Lungen von der Schwindsucht angegriffen wären, während seine Augen den halb verrückten, fieberhaften Glanz hatten, den man bei Schwindsüchtigen im letzten Stadium findet. Sein Name war Pentley – Amos Pentley – und Bonner konnte ihn vom ersten Tage an nicht leiden, wenn er auch Mitleid mit diesem armen zum Tode verurteilten Teufel empfand. Sie konnten sich gegenseitig nicht ausstehen, diese beiden Männer, die von allen Menschen auf der Erde am meisten darauf angewiesen waren, auf gutem Fuß miteinander zu stehen, weil sie allein von Angesicht zu Angesicht mit der Kälte, Stille und Dunkelheit des langen Winters leben mußten.

Schließlich kam Bonner zu dem Schluß, daß Amos nicht ganz richtig im Kopfe war, ließ ihn deshalb in Ruhe und verrichtete den größten Teil der Arbeit mit Ausnahme des Kochens selber. Aber auch jetzt hatte Amos nur finstere

Blicke und unverstellten Haß für ihn übrig. Für Bonner war das ein schwerer Ausfall, denn das lächelnde Gesicht eines Wesens seiner eigenen Art, ein freundliches Wort, die Sympathie eines Kameraden, der dasselbe Unglück erlebt – alles das bedeutet unendlich, viel. Und der Winter hatte eben erst begonnen, als ihm die verschiedenen Gründe aufgingen, aus denen der frühere Vertreter mit einem solchen Assistenten seinem Leben selbst ein Ende hatte machen müssen.

In Twenty Miles war es sehr einsam. Die weiße Einöde erstreckte sich nach beiden Seiten bis zum Horizont. Der Schnee, der wie Reif war, warf seinen weißen Mantel über das Land und begrub alles in der Stille des Todes. Tagelang war es klar und kalt, und das Thermometer hielt sich beständig auf vierzig bis fünfzig Grad unter Null. Dann kam plötzlich ein Umschwung. Das bißchen Feuchtigkeit, das die Atmosphäre tränkte, häufte sich zu dicken grauen Wolkenmassen, es wurde ziemlich warm, das Thermometer stieg auf zwanzig unter Null. Und die Feuchtigkeit fiel vom Himmel herab in Gestalt von harten Eiskörnern, die wie trockener Zucker oder fliegender Sand unter den Füßen knirschten. Dann wurde es wieder klar und kalt, bis sich abermals genügend Feuchtigkeit angesammelt hatte, um die Erde vor der Kälte des Weltraumes zu schützen. Das war aber auch alles. Sonst geschah nichts. Es gab keine Stürme, keine wirbelnden Gewässer, keine rauschenden Wälder, nur das fast automatische Niederströmen der angesammelten Feuchtigkeit. Die bemerkenswerteste Begebenheit, die diese langweiligen Wochen aufzuweisen hatten, war vielleicht das Hinaufgleiten der Temperatur auf die gänzlich unerwartete Höhe von fünfzehn Grad minus. Um das wieder gutzumachen, peitschte dann aber der Weltraum die Erde mit seiner Kälte, bis das Quecksilber gefror und das Spiritusthermometer auf mehr als siebzig Grad unter Null sank und vierzehn Tage dort stehenblieb, worauf es zerbarst. Wieviel kälter es dann noch wurde, war nicht mehr festzustellen. Eine andere in ihrer Regelmäßigkeit tödlich eintönige Begebenheit, war die beständige Verlängerung der Nächte, bis der Tag nur noch ein Aufflackern des Lichts in der Dunkelheit war.

Neil Bonner war ein gesellig veranlagtes Wesen. Die Dummheiten, für die er hier jetzt büßen mußte, waren nur eine Folge seines übertriebenen Bedürfnisses nach Gesellschaft. Und jetzt befand er sich hier, im vierten Jahre seines Exils, in der Gesellschaft – wenn dieses Wort hier angebracht ist – eines mürrischen, schweigsamen Geschöpfes, in dessen düsteren Augen ein Haß glomm, der ebenso bitter wie unberechtigt war. Und Bonner, für den Rede und Kameradschaft einfach das Leben selbst bedeuteten, ging einher, wie ein Gespenst vermutlich einherwandelt, gequält von den Erinnerungen an endlose Feste eines früheren Daseins. Am Tage waren seine Lippen fest zusammengekniffen, sein Gesicht streng. Nachts aber rang er die Hände, wälzte sich im Bett hin und her und weinte wie ein kleines Kind. Und er erinnerte sich dabei oft eines gewissen Mannes von Autorität und verfluchte ihn die langen Stunden hindurch. Er verfluchte auch Gott. Aber Gott hat Verständnis für dergleichen. Er könnte es nicht über sein Herz bringen, die armen Sterblichen zu rügen, wenn sie in Alaska Anfälle von Blasphemie bekommen.

Und nach dieser Station Twenty Miles kam nun Jees Uck, um Mehl und Speck und farbige Perlenschnüre und schöne Scharlachstoffe für ihre Handarbeiten zu kaufen. Und außerdem kam sie, ohne es jedoch zu wissen oder zu wollen, um einen einsamen Mann noch einsamer zu machen und ihn in unruhigem Schlaf die leeren Arme ausstrecken zu lassen. Denn Neil Bonner war nur ein Mann. Als sie zum erstenmal in den Laden kam, sah er sie lange an, wie ein Verschmachtender wohl einen überströmenden Brunnen betrachten mag. Und dank dem Erbteil Spike O'Briens lächelte sie ihm kühn in die Augen, nicht wie dunkelhäutige Wesen den Menschen der königlichen Rasse anlächeln sollen, sondern wie eine Frau einen Mann anlächelt. Es war einfach unvermeidlich. Aber er konnte es nicht einsehen und wehrte sich ebenso tapfer und leidenschaftlich gegen sie, wie er gleichzeitig von ihr angezogen wurde. Und sie? Sie war eben Jees Uck, die durchaus als Toyaat-Indianerin erzogen war.

Sie kam sehr oft nach der Station, um einzukaufen. Und oft saß sie auch am großen Kamin und plauderte in gebrochenem Englisch mit Neil Bonner. Und bald kam es so weit, daß er sich nach ihren Besuchen sehnte und an den Tagen, an denen sie nicht kam, traurig und ruhelos wurde. Zuweilen nahm er sich zusammen und überlegte, und dann wurde sie mit Kälte empfangen, mit einer Zurückhaltung, die sie verblüffte und ärgerte, und die – wovon sie fest überzeugt war – auch nicht aufrichtig war. Meistens aber hatte er gar nicht den Mut nachzudenken, und dann ging alles gut, und es gab nur Heiterkeit und Lachen. Und Amos Pentley sah zu und schnappte wie ein gestrandeter Katzenhai nach Luft, während sein trockener Husten aus dem Grabe zu kommen schien. Er, der das Leben liebte, war nicht imstande zu leben, und es nagte an seiner Seele, daß andere es können sollten. Deshalb haßte er Neil Bonner, der so außerordentlich lebenskräftig war und in dessen Augen die Freude aufblitzte, sobald er Jees Uck sah. Für Amos genügte der bloße Gedanke an Jees, um sein Blut brausen und pochen zu lassen, bis es mit einem Blutsturz endete.

Jees Uck, deren Wesen ganz einfach, deren Gedankengang natürlich war und die nie gelernt hatte, das Leben in subtileren Mengen abzuwägen, las in Amos Pentley wie in einem offenen Buch. Sie warnte Neil Bonner ehrlich und unumwunden in wenigen Worten. Aber er lachte nur über ihre offensichtliche Angst. In seinen Augen war Amos ein armer, elender Tropf, der hoffnungslos dem Grabe zuwankte. Und Bonner, der selbst viel durchgemacht hatte, wurde es leicht, großzügig zu verzeihen.

Aber eines Morgens geschah es, daß er – bei einem plötzlichen Witterungswechsel – vom Frühstückstisch aufstand und in den Laden ging. Jees Uck war schon da, mit Wangen, die von der Wanderung gerötet waren. Sie wollte einen Sack Mehl kaufen. Einige Minuten darauf stand er draußen im Schnee und band den Mehlsack auf ihren Schlitten. Als er sich bückte, spürte er eine gewisse Starre im Hals und hatte etwas wie eine Vorahnung eines drohenden körperlichen Zusammenbruchs. Und als er den letzten Halbstich in den

Riemen machte und dann versuchte, sich aufzurichten, wurde er von einem jähen Krampf gepackt und sank in den Schnee. Mit angespannten Muskeln lag er zitternd da; den Kopf zurückgeworfen, die Glieder wie verrenkt, den Rücken wie einen Bogen gespannt und den Mund schief und verzerrt, sah er aus, als ob er Glied für Glied auf die Folter gespannt würde. Ohne Schreien, ja, ohne einen Laut von sich zu geben, stand Jees Uck im Schnee neben ihm. Aber im Krampf hatte er ihre beiden Fußgelenke gepackt, und sie war deshalb außerstande, ihm zu helfen, solange dieser Krampf anhielt. Nach wenigen Augenblicken löste sich die Spannung jedoch, und er blieb schwach und ohnmächtig liegen. Seine Stirn war in Schweiß gebadet, und um seine Lippen stand Schaum.

»Schnell«, murmelte er mit fremder, heiserer Stimme. »Schnell, hinein!« Er begann auf Händen und Knien zu kriechen, aber sie hob ihn auf, und, von ihren jungen Armen unterstützt, gelang es ihm schneller vorwärts zu kommen. Als er im Laden war, wurde er wieder vom Krampf gepackt, und sein Körper rang sich aus ihrer Umschlingung los und rollte und wälzte sich auf dem Fußboden. Amos Pentley kam auch und sah mit neugierigen Augen zu.

»Oh, Amos«, rief sie verzweifelt und hilflos. »Er stirbt, glaubst du?« Aber Amos zuckte nur die Achseln und blieb stehen, um zuzusehen.

Bonners Körper wurde wieder schlaff, die gespannten Muskeln lösten sich, und ein Ausdruck von Erleichterung trat in sein Gesicht. »Schnell«, knirschte er zwischen den Zähnen, während sein Mund sich unter dem Beginn eines neuen Krampfanfalls und seiner Bemühungen, ihn zu beherrschen, verzerrte. »Schnell, Jees Uck! Die Medizin! Los, zieh mich hin!«

Sie wußte, wo der Medizinschrank stand: Im Hintergrund des Raumes, auf der anderen Seite des Ofens, und dorthin zog sie ihn jetzt an den Beinen, während er mit dem Krampf kämpfte. Als der Anfall vorbei war, begann er, sehr schwach und elend, den Schrank zu durchsuchen. Er hatte Hunde sterben sehen, die dieselben Symptome zeigten, wie er und wußte deshalb, was zu tun war. Er hielt eine Flasche mit

Chloralhydrat in der Hand, aber seine Finger waren zu schwach und kraftlos, um den Korken herauszuziehen. Jees Uck tat es für ihn, während er von einem neuen Anfall gepackt wurde. Als der vorbei war, wurde ihm die offene Flasche gereicht. Er blickte in die großen schwarzen Augen einer Frau und las darin, was Männer immer in den Augen einer liebenden Frau gelesen haben. Er nahm einen tüchtigen Schluck von der Medizin und sank dann wieder zurück, bis ein neuer Krampfanfall vorüber war. Dann stützte er sich matt auf den Ellbogen.

»Höre zu, Jees Uck«, sagte er sehr langsam, als ob er einerseits wüßte, daß Eile nottat, und sich andererseits fürchtete, sich zu beeilen. »Tu, was ich dir sage. Bleib an meiner Seite, aber rühre mich nicht an. Ich muß mich sehr ruhig verhalten, aber du darfst nicht von mir gehen.« Sein Kinn schob sich vor, und sein Gesicht begann unter den vorausgehenden Schmerzen der Krämpfe zu zittern und sich zu verzerren, aber er schluckte und kämpfte, um sich zu beherrschen. »Geh nicht fort. Und laß auch Amos nicht fortgehen. Verstehst du? Amos muß hierbleiben.«

Sie nickte, und ihn überkam der erste von einer langen Reihe von Krampfanfällen, die allmählich an Stärke und Häufigkeit abnahmen. Jees Uck beugte sich über ihn, vergaß aber sein Verbot nicht und wagte deshalb nicht, ihn anzurühren. Einmal wurde Amos sehr unruhig und tat, als ob er in die Küche gehen wollte, aber ein schneller Blick aus ihren Augen bezwang ihn, und von jetzt an blieb er sehr ruhig, abgesehen von seinem schweren Atem und seinem gespenstigen Husten.

Bonner schlief. Das Flimmern, das den Tag andeutete, erlosch. Amos zündete, überwacht von den Augen der Frau, die Petroleumlampe an. Es wurde Abend. Durch das nördliche Fenster sah man, wie der Himmel von der Pracht des Nordlichtes übergossen wurde, das flammte und flackerte und in der Dunkelheit erlosch. Eine Weile darauf wurde Neil Bonner wach. Zuerst sah er, ob Amos immer noch da war, dann lächelte er Jees Uck zu und stand auf. Alle Muskeln waren steif und schmerzten, und er lächelte trübe, als er sich untersuchte und befühlte, wie um festzustellen, wie groß der erlit-

tene Schaden sei. Dann wurde sein Gesicht streng und ge-
schäftsmäßig.

»Jees Uck«, sagte er. »Nimm eine Kerze. Geh in die Küche. Es steht Essen auf dem Tisch. Zwiebacks und Bohnen
und Speck. Und in der Kanne auf dem Ofen ist Kaffee. Stell
alles hier auf den Ladentisch. Hol auch ein paar Gläser und
Wasser und Whisky, den du auf dem obersten Bort in der
Vorratskammer findest. Vergiß den Whisky nicht.«

Nachdem er einen steifen Whisky getrunken hatte, durch-
suchte er noch einmal den Medizinschrank, hin und wieder
stellte er, offenbar in bestimmter Absicht, verschiedene Flaschen und Phiolen beiseite. Dann nahm er sich die Speisereste
vor und unterwarf sie einer eingehenden Untersuchung. Er
hatte auf der Universität nicht ohne Nutzen in einem Labora-
torium gearbeitet und besaß Einbildungskraft genug, um mit
den begrenzten Materialien befriedigende Resultate zu erzie-
len. Der ausgeprägt starr krampfartige Zustand, der seine
Anfälle gekennzeichnet hatte, vereinfachte seine Aufgabe, und
er brauchte deshalb nur eine Probe zu machen. Der Kaffee
ergab nichts, ebensowenig die Bohnen. Den Zwiebacks widmete er das größte Interesse. Amos, der nichts von Chemie
verstand, betrachtete ihn mit unveränderter Neugier. Jees Uck
aber, die ein bodenloses Vertrauen in die Weisheit des weißen
Mannes und namentlich in die Neil Bonners setzte, und die
nicht nur nichts davon verstand, sondern auch wußte, daß sie
nichts verstand, beobachtete mehr sein Gesicht als seine
Hände.

Schritt für Schritt schaltete er verschiedene Möglichkeiten
aus, bis er sich der endgültigen Probe näherte. Er benutzte
eine dünne Phiole als Reagenzröhre und hielt sie zwischen
sich und das Licht, während er das langsame Niederschlagen
eines Salzes durch die Lösung in der Reagenzröhre beobachtete. Er sagte nichts, aber er sah, was er zu sehen erwartet
hatte. Und Jees Uck, deren Augen an seinem Gesicht hingen,
sah noch etwas – etwas, das sie wie eine Tigerin auf Amos
losspringen und mit unerhörter Gewandtheit und Stärke
seinen Körper rückwärts über ihre Knie zwingen ließ. Ihr
Messer flog aus der Scheide und hob sich, blinkend im Schein

der Lampe. Amos knurrte, aber Bonner legte sich dazwischen, ehe das Messer sein Ziel erreicht hatte.

»Du bist ein gutes Mädchen, Jees Uck. Aber kümmere dich nicht darum, laß ihn laufen.«

Gehorsam ließ sie den Mann los, aber deutlicher Widerspruch stand in ihrem Gesichte geschrieben. Und der Körper Amos' fiel auf den Boden. Bonner gab ihm einen Tritt mit seinem mokassinbekleideten Fuß.

»Steh auf, Amos«, befahl er. »Du wirst noch heute abend deine Sachen packen und gehen.«

»Sie meinen doch nicht, daß ...« brach es wild aus Amos heraus.

»Ich meine, daß du einen Versuch gemacht hast, mich zu ermorden.« Neil sprach kalt und ruhig. »Ich kann auch sagen, daß du Birdsall getötet hast, obgleich man in der Company glaubt, daß er es selbst getan hat. In meinem Fall hast du Strychnin genommen. Gott allein weiß, womit du ihn ermordet hast. Hängen kann ich dich nicht lassen – dazu bist du dem Tode sowieso zu nahe. Aber Twenty Miles ist zu klein für uns beide, und deshalb mußt du verschwinden. Es sind zweihundert Meilen bis zum Heiligen Kreuz. Die kannst du schaffen, wenn du nicht übertreibst. Ich gebe dir Lebensmittel, einen Schlitten und drei Hunde. Du bist ebenso gesichert, wie wenn du im Gefängnis wärest, denn aus dem Lande kannst du nicht heraus. Und ich will dir noch eine Chance geben. Du bist ja schon beinahe tot. Gut – ich werde der Firma nichts mitteilen, bevor der Frühling kommt. Inzwischen ist es deine Sache, zu sterben. Jetzt los!«

»Du, jetzt geh zu Bett«, drängte Jees Uck, als Amos mitten in der Nacht nach dem Heiligen Kreuz aufgebrochen war. »Du kranker Mann jetzt, Neil!«

»Und du bist ein gutes Mädchen, Jees Uck«, antwortete er. »Hier hast du meine Hand darauf. Aber du mußt nach Hause gehen.«

»Du liebst mich nicht«, sagte sie einfach.

Er lächelte, half ihr in die Parka und begleitete sie zur Tür. »Nur zu sehr, Jees Uck«, sagte er weich. »Nur zu sehr.«

Nach dieser Episode legte sich das Leichentuch der arktischen Nacht noch tiefer, dichter und schwärzer über das Land. Neil Bonner sah, daß er nicht verstanden hatte, selbst das mürrische Gesicht des mörderischen und todgeweihten Amos richtig einzuschätzen. Denn jetzt wurde es furchtbar einsam in Twenty Miles. »Um der Liebe Gottes willen, Prentiß, schicken Sie mir einen Mann«, schrieb er an den Vertreter in Fort Hamilton, das dreihundert Meilen flußabwärts lag. Sechs Wochen später brachte ein Indianer die Antwort. Sie war bezeichnend: »Tod und Teufel. Beide Füße erfroren. Brauche ihn deshalb selbst. Prentiß.«

Um die Lage noch zu verschlimmern, waren die meisten Toyaaten auf die Fährte einer Renntierherde nach dem Hinterland gezogen, und Jees Uck war mitgegangen. Aber der Umstand, daß sie ihm so fern war, schien sie gleichzeitig näher als je zu bringen. Neil Bonner sah sie vor sich, Tag für Tag, im Lager und unterwegs. Es ist aber nicht gut, allein zu sein. Oft verließ er, barhäuptig und verzweifelt, das stille Haus und schüttelte die geballte Faust gegen den Tagesschimmer, der am südlichen Horizont auftauchte. Und in stillen kalten Nächten verließ er sein Bett und stolperte ins Freie hinaus, wo er das Schweigen aus aller Kraft seiner Lunge beschimpfte, als ob es ein fühlbares und empfindsames Wesen war, das er wecken konnte. Und er brüllte die schlafenden Hunde an, bis sie immer wieder heulten. Ein rauhhaariges Tier nahm er sogar mit ins Haus und tat, als wäre dies der Mann, den Prentiß ihm geschickt hätte. Er versuchte, den Hund zu erziehen, daß er anständig im Bett unter der Decke schlief, mit bei Tische saß und aß, wie ein Mensch essen muß. Aber das Tier, das kaum etwas anderes als ein gezähmter Wolf war, empörte sich, suchte sich die dunkelsten Ecken aus und knurrte und biß ihn ins Bein, so daß er ihn schließlich prügelte und hinauswarf.

Dann ergriff ihn die Idee, alles zu personifizieren. Sie nahm ihn völlig gefangen. Alle Kräfte seiner Umgebung wurden in lebende Wesen verwandelt. Sie waren atmende Wesen, die kamen, um mit ihm zusammenzuleben. Er schenkte der primitiven Götterwelt neues Leben. Baute der Sonne einen

Altar, wo er Kerzen aus Talg und Speck brannte. Und auf dem Hof, der nicht umzäunt war, verfertigte er neben dem hochstelzigen Lagerhaus einen Schneeteufel, dem er Gesichter zu schneiden und den er zu verhöhnen pflegte, wenn das Quecksilber in seiner Röhre sank. Natürlich war das alles nur Spielerei. Das sagte er sich selbst und wiederholte es ein über das andere Mal, um sich selbst zu überzeugen, und vergaß dabei nur, daß Wahnsinn geneigt ist, sich durch Glaubenmachen und Spielerei auszudrücken.

Mitten im Winter kam eines Tages ein Jesuitenmissionar, Vater Champreau, nach Twenty Miles. Bonner stürzte sich auf ihn, schleppte ihn ins Haus, klammerte sich an ihn an und weinte, und der Priester weinte schließlich vor lauter Mitleid mit. Dann wurde Bonner irrsinnig lustig und machte eine ganz überflüssige Festlichkeit daraus, während er tapfer schwur, daß sein Gast nie abreisen dürfe. Vater Champreau mußte in einem dringenden Auftrag seiner Gesellschaft so schnell wie möglich nach Salt Water und fuhr schon den nächsten Morgen ab, von der Drohung begleitet, daß Bonners Blut über sein Haupt kommen würde.

Und die Drohung wäre beinahe Wirklichkeit geworden, als die Toyaaten von ihrem langen Jagdausflug nach ihrem Winterlager zurückkehrten. Sie brachten viel Pelzwerk mit, und es gab Geschäftigkeit und Unruhe in Twenty Miles. Auch Jees Uck kam, um Perlen, Scharlachstoffe und alles mögliche andere zu kaufen, und Bonner kam wieder zu sich. Eine Woche lang wehrte er sich. Dann kam das Ende eines Abends. Sie stand auf, um sich zu verabschieden. Sie hatte nicht vergessen, daß er sie einmal zurückgewiesen hatte, und derselbe Stolz, der Spike O'Brien bewogen hatte, die Fahrt durch die Nordwestpassage zu machen, lebte auch in ihr.

»Ich gehe jetzt«, sagte sie. »Gute Nacht, Neil.«

Aber er stellte sich hinter sie. »Nein, so ist es nicht richtig«, sagte er.

Und als sie ihm mit einer plötzlichen frohen Bewegung ihren Kopf zudrehte, beugte er sich vor, langsam und feierlich, als ob er eine heilige Handlung beginge, und küßte sie auf die Lippen. Die Toyaat hatten sie nie gelehrt, was ein Kuß auf den Mund bedeutete, aber sie verstand es doch und freute sich.

Als Jees Uck kam, wurde alles wieder hell. Sie war königlich in ihrem Glück, eine Quelle unendlicher Wonne. Die Einfachheit ihres Wesens und ihre naiven kleinen Einfälle schufen eine ungeheure Summe erfreulicher Ueberraschungen für den überzivilisierten Mann, der sich herabgelassen hatte, sie aufzunehmen. Nicht nur, daß sie ein Trost in seiner Einsamkeit war, ihre Einfachheit verjüngte auch seine abgestumpfte Seele. Es war, als könnte er nach langer Wanderung wieder seinen Kopf in den Schoß der Mutter Erde legen. Kurz: in Jees Uck fand er die Jugend der Welt wieder – ihre Jugend, Kraft und Freude.

Und um alles zu erfüllen, was er brauchte, und gleichzeitig um zu verhindern, daß sie einander satt werden könnten, traf ein gewisser Sandy Mc Pherson in Twenty Miles ein – ein Mann, der ein so guter Kamerad war wie irgendeiner, der je unterwegs gepfiffen und am Lagerfeuer eine Ballade angestimmt hat. Ein Jesuit hatte sich nach seinem Lager begeben, das einige hundert Meilen weiter den Yukon aufwärts lag, um noch rechtzeitig die letzten Worte am Grabe von Sandys bisherigem Partner zu sprechen. Und als der Priester aufgebrochen war, hatte er gesagt: »Mein Sohn, du wirst jetzt sehr einsam werden.« Und Sandy hatte traurig den Kopf gebeugt. »In Twenty Miles«, hatte der Priester hinzugefügt, »sitzt ein einsamer Mann. Ihr beide könnt einander brauchen, mein Sohn.«

Deshalb wurde Sandy als der dritte im Bunde auf der Station willkommen geheißen – als Bruder des Mannes und der Frau, die hier hausten. Er nahm Bonner mit auf die Elchjagd und zur Wolfpürsche, und Bonner reichte ihm dafür einen abgegriffenen und viel herumgetragenen Band und lehrte ihn Shakespeare lieben, bis Sandy seinen Schlittenhunden, so oft sie aufrührerisch werden wollten, fünffüßige Jamben vordeklamierte. Und an den langen Abenden spielten sie Karten, plauderten und stritten sich über das Universum, während Jees Uck frauenhaft im Lehnstuhl saß und ihre Mokassins und Socken stopfte.

Der Frühling kam. Die Sonne stieg im Süden empor. Das Land vertauschte seine düsteren Gewänder mit dem Kleide lächelnder Fröhlichkeit. Ueberall lächelte das Licht und lud das Leben ein. Die balsamischen Tage wurden wieder länger, und die Augenblicke von Dunkelheit in den Nächten verschwanden ganz. Der Fluß strömte und fauchende Dampfboote forderten die Wildnis heraus. Es gab Bewegung und Lärm, neue Gesichter und neue Taten. In Twenty Miles erschien ein neuer Assistent, und Sandy Mc Pherson brach mit einer Goldsucherschar nach dem Koyokuk-Lande auf. Und es kamen Zeitungen, Magazine und Briefe an Neil Bonner. Und Jees Uck sah traurig drein, denn sie verstand, daß seine Sippschaft über die Welt hinweg mit ihm sprach.

Die Nachricht, daß sein Vater das Zeitliche gesegnet hatte, berührte ihn nicht allzu stark. Der alte Neil Bonner hatte in seinen letzten Stunden einen liebevoll verzeihenden Brief an seinen Sohn diktiert. Ferner kamen offizielle Briefe von der Gesellschaft, die ihm allergnädigst anbot, den Posten seinem Assistenten zu übergeben, und ihm erlaubte, abzureisen, sobald er Lust dazu hätte. In einem längeren juristischen Dokument übermittelten ihm seine Anwälte das unendliche Verzeichnis der Aktien und Obligationen, Grundstücke, Mietseinnahmen und beweglichen Güter, die jetzt durch das Testament des Vaters sein Eigentum geworden waren. Und ein zierliches, mit Siegel und Monogramm versehenes Briefchen flehte Neil an, zu seiner trauernden und liebenden Mutter zurückzukehren.

Neil Bonner überlegte schnell, und als die »Yukon Belle« auf ihrem Wege nach dem Beringsmeer an das Ufer heranschnaufte, reiste er ab – reiste mit der alten, immer wieder neuen Lüge auf den Lippen, daß er bald zurückkehren würde.

»Ich werde wiederkommen, liebe Jees Uck, vor dem ersten Schneegestöber«, versprach er zwischen den letzten Küssen auf dem Fallreep.

Und er versprach es nicht nur, sondern meinte es aufrichtig, wie die meisten Männer es unter solchen Umständen tun. Er erteilte dem neuen Vertreter Thompson Weisung, seiner Frau Jees Uck unbegrenzten Kredit einzuräumen. Und als er vom Deck der »Yukon Belle« den letzten Blick nach der Küste warf, sah er ein halbes Dutzend Männer, die im Begriff waren, die Wände eines Blockhauses zu errichten, das das bequemste Haus auf tausend Meilen die Küste entlang werden sollte – das Haus Jees Ucks und auch das Haus Neil Bonners –, bevor der erste Schnee fallen würde! Denn er hatte die unbedingte Absicht, wiederzukommen. Jees Uck war ihm sehr lieb geworden, und außerdem stand dem Norden eine goldene Zukunft bevor. Mit dem Geld seines Vaters wollte er diese Zukunft verwirklichen. Ein ehrgeiziger Traum schwebte ihm vor. Mit seinen vierjährigen Erfahrungen und gestützt durch die freundliche Mitwirkung der Company wollte er wiederkehren, um der Cecil Rhodes von Alaska zu werden. Und er wollte wiederkehren, so schnell wie der Dampf es schaffen konnte, und sobald er die Angelegenheit seines Vaters, die er noch gar nicht kannte, geordnet und seine Mutter, die er vergessen hatte, getröstet hatte. –

Es gab natürlich ein großes Hallo, als Neil Bonner aus der Arktik zurückkehrte. Die Lichter wurden angesteckt und die Fleischtöpfe aufs Feuer gestellt, und er nahm von allem und fand alles sehr gut. Er war nicht nur gebräunt und gefurcht, er war ein neuer Mensch unter der neuen Haut geworden. Er packte die Dinge richtig an, hatte Ernst und Selbstbeherrschung gelernt. Seine alten Kameraden wurden verblüfft, als er es ablehnte, die Dummheiten der alten Tage wieder aufzunehmen, während der alte Freund seines Vaters sich zufrieden die Hände rieb und sich als Autorität fühlte, wenn es galt, störrische und eitle Jugend auf die richtige Bahn zu lenken.

Vier Jahre hatte Neil Bonners Gehirn brach gelegen. Nur wenig Neues war ihm zugeführt worden, aber es war ein Prozeß der Auslese gewesen. Es war sozusagen von allem Gleichgültigen und Ueberflüssigen gereinigt worden. Hier im Süden hatte er schnelle Jahre verlebt, und in der Wildnis des Nordens hatte er dann Zeit gefunden, die verworrene Masse von Erfahrungen zu klären. Seine oberflächlichen Standpunkte waren in alle Winde verstreut, und neue Gesichtspunkte waren auf der Grundlage tieferer und breiterer Verallgemeinerung entstanden. Der Duft und der stete Anblick des Bodens hatten ihm geholfen, die innere Bedeutung der Zivilisation zu erfassen, während er sich gleichzeitig einen klaren Blick für ihre Mängel und ihre Macht bewahrt hatte. Es war eine ganz einfache kleine Philosophie, die er sich geschaffen hatte. Ein sauberes Leben war der Schlüssel zum Glück. Nur die Erfüllung der Pflicht heiligt. Man muß sauber leben und seine Pflichten erfüllen, um wirken zu können. Und Wirksamkeit ist wiederum die einzige Erlösung. Denn »für das Leben zu wirken«, in reichem, immer reicherem Maße, bedeutete, daß man mit dem Wesen der Dinge und dem Willen Gottes übereinstimmte.

Ursprünglich war er Städter. Und sein frischer Griff ins Leben nebst seiner männlichen Auffassung der Menschlichkeit verliehen ihm einen feineren Sinn für die Zivilisation und machte sie ihm um so lieber. Mit jedem Tag kam die Stadt mit ihrer Bevölkerung seinem Herzen näher, wurde die Welt größer vor seinen Blicken. Und gleichzeitig verschwand Alaska mit jedem Tage in weitere Ferne und wurde immer unwirklicher. Und da geschah es, daß er Kitty Sharon traf – eine Frau von seinem eigenen Fleisch und Blut und von seiner Art. Eine Frau, die ihre Hand in die seine legte und ihn an sich zog, bis er den Tag und die Stunde und die Jahreszeit vergaß, wenn der erste Schnee in Yukon fällt.

Jees Uck ging in ihrem großen Blockhaus umher und verträumte drei goldene Sommermonate. Dann kam in fliegender Eile der Herbst, bevor der Winter hereinbrach. Die Luft wurde dünn und scharf, die Tage wurden dünn und kurz. Der Fluß begann träge zu fließen, auf den stillen Tümpeln bildete sich eine Haut von Eis. Alles, was nur vorübergehend dort lebte, zog nach dem Süden, Schweigen legte sich über das Land. Das erste Schneegestöber kam, und das letzte Dampfboot, das auf dem Heimwege war, warf sich mit dem Mut der Verzweiflung gegen die schwimmenden Eisschollen. Dann wurde alles Gewässer von einer festen Eiskruste bedeckt, von unzerbrechlichen Schollen und Feldern, bis der Yukon mit seinen Ufern eine einzige Ebene bildete. Und als es soweit war, und der Fluß stillstand, verloren die blinkenden Tage sich in der Dunkelheit.

John Thompson, der neue Vertreter, lachte, aber Jees Uck glaubte noch an unglückliche Zufälle mit Fluß und Ufer. Neil Bonner war wohl irgendwo zwischen dem Chilcoot Paß und St. Michaels eingefroren, denn die letzten Reisenden des Jahres werden immer vom Eise erfaßt, so daß sie das Boot mit dem Schlitten vertauschen und viele lange Stunden hinter den eilenden Hunden verbringen müssen.

Aber keine eilenden Hunde kamen flußauf oder flußab nach Twenty Miles. Und John Thompson erzählte Jees Uck mit einer gewissen Freude, die er nur schlecht verhehlte, daß Neil Bonner niemals zurückkehren würde. Bei dieser Gelegenheit machte er sie auch – und zwar in brutaler Weise – darauf aufmerksam, daß er ja selbst ledig sei. Jees Uck lachte ihm ins Gesicht und begab sich wieder in ihr großes Blockhaus. Aber mitten im Winter, zu der Zeit, wenn alle Hoffnungen verwelkt und das Leben überhaupt am schwächsten dahinströmt, mußte Jees Uck feststellen, daß sie keinen Kredit mehr im Laden hatte. Das war John Thompsons Werk. Er rieb sich die Hände und ging auf und ab, stellte sich in seine Tür, starrte zu Jees Ucks Haus und wartete. Aber er mußte lange warten. Denn Jees Uck verkaufte ihr Hundegespann an eine Gesellschaft von Goldsuchern und bezahlte ihre Lebensmittel in bar. Und als John Thompson es sogar ablehnte, ihr Bargeld zu nehmen, lieferten die Toyaatindianer ihr alles, was sie brauchte, und brachten es ihr mit Schlitten im Dunkel der Nacht.

Im Februar kam die erste Post über das Eis, und da las John Thompson in den Gesellschaftsnotizen einer fünf Monate alten Zeitung die Nachricht von der Hochzeit Neil Bonners mit Kitty Sharon. Sie hielt die Tür nur halb offen und ließ ihn draußen stehen, während er die Neuigkeit erzählte – und als er geendet hatte, lachte sie stolz und wollte es nicht glauben. Im März brachte sie – und sie war ganz allein – einen Knaben zur Welt, ein tapferes Stückchen neues Leben, worüber sie staunte. Und in derselben Stunde saß – ein Jahr später – Neil Bonner an einem anderen Bett und betrachtete staunend ein anderes Stückchen neuen Lebens, das zur Welt gekommen war.

Der Schnee am Boden schmolz, und das Eis des Yukon zerbrach. Die Sonne wanderte wieder nach dem Norden und schritt dann wieder südwärts. Als das Geld für die Hunde verbraucht war, kehrte Jees Uck wieder zu ihrem Volke zurück. Oshe Ish, ein kundiger Jäger, erbot sich, für sie und ihr Kind auf die Jagd zu gehen und ihr Lachse zu fangen, wenn sie ihn heiraten wollte. Und Imego und Ha Jo und Wy Nooch, alle ohne Ausnahme tüchtige Jäger, machten ihr ähnliche Vorschläge. Aber sie zog es vor, allein zu leben, sich selbst Fleisch und Fisch zu verschaffen. Sie nähte Mokassins, Parkas und Handschuhe ... warme, praktische Dinge, die gleichzeitig dem Auge angenehm waren, sowohl durch die Pelzfransen wie durch die Perlstickerei. Und sie verdiente sich mit diesen Arbeiten nicht nur gute und reichliche Nahrung, sondern konnte sogar Geld zurücklegen. Und eines schönen Tages löste sie Karten für eine Fahrt mit der »Yukon Belle« den Fluß hinab.

In St. Michaels wusch sie in der Küche der Poststation Teller. Die Angestellten der Company wunderten sich über diese seltsame Frau mit dem auffallend schönen Kinde, aber sie stellten keine Fragen, und die Frau selbst würdigte sie keiner Auskunft. Zur rechten Zeit jedoch, bevor die Beringsstraße in diesem Jahre vom Eis verschlossen wurde, nahm sie sich einen Platz auf einem verirrten Robbenfänger, der südwärts fuhr. In diesem Winter kochte sie für die Familie Kapitän Markheims in Unalaska, und als der Frühling kam, reiste sie mit einem Whiskyboot weiter südwärts bis Sitka. Später tauchte sie in Metlakathla auf, das in der Nähe von St. Mary an einem Ende der Pan–Halbinsel liegt, wo sie während der Lachszeit in einer Kocherei arbeitete. Als es Herbst wurde und die Siwashfischer sich anschickten, nach Pugetsund zurückzukehren, bestieg sie mit einigen Familien zusammen ein großes Zedernholz–Kanu und drang mit diesen Leuten in das gefahrvolle Chaos an der Küste Alaskas und Kanadas vor, bis sie die Straße von Juan de Fuca passiert hatten. Und dann führte sie ihren Knaben an der Hand über das harte Steinpflaster von Seattle.

Hier traf sie Sandy Mc Pherson, der an einer windigen Ecke stand und sich sehr wunderte. Als er ihre Geschichte gehört hatte, war er sehr empört – doch kaum so zornig, wie er geworden wäre, wenn er etwas von Kitty Sharon gewußt hätte. Aber die erwähnte Jees Uck mit keinem Wort, da sie noch immer nicht daran glaubte. Sandy, der das Benehmen Neils gemein und schmutzig fand, versuchte ihr vergeblich von der Fahrt nach San Francisco abzuraten, wo Neil Bonner sich, wenn er zu Hause war, vermutlich aufhielt. Und als er sein Bestes in dieser Beziehung getan hatte, machte er ihr die Sache so leicht wie möglich, kaufte Fahrkarten für sie und begleitete sie zum Zuge, während er ihr zulächelte und »verdammte Schande« in seinen Bart murmelte.

Rasselnd und rumpelnd fuhr der Zug durch Sonnenschein und nächtliche Finsternis, schwankend und schlingernd von Sonnenaufgang bis Sonnenaufgang, bisweilen stolz in den winterlichen Schnee der Bergesgipfel steigend, dann wieder in sommerliche Täler hinuntersausend, hier am Rande der Abgründe, dort quer durch die Berge. Und dieser Zug führte Jees Uck und ihren Sohn nach dem Süden. Aber sie fürchtete sich nicht vor dem eisernen Roß, und ebensowenig ließ sie sich von der grandiosen Zivilisation von Neils Volk verblüffen. Es schien eher, als ob sie mit größerer Klarheit als zuvor erkannte, welch Wunder es war, daß ein Mann aus einer so gottähnlichen Rasse sie in seine Arme geschlossen hatte. Nicht einmal das lärmende Gewirr San Franciscos mit dem nie ruhenden Hafen, den menschenausspeienden Fabriken und dem donnernden Verkehr vermochte sie zu verwirren. Statt dessen wurde ihr bald der jämmerliche Schmutz Twenty Miles und des nur aus Fellzelten bestehenden Toyaatdorfes klar. Und sie betrachtete den Knaben, der sich an ihre Hand klammerte und staunte nur darüber, daß sie ihn mit einem solchen Manne empfangen hatte.

Sie zahlte dem Fuhrmann fünf Münzen und stieg dann die Stufen zu Neils Haustür hinauf. Ein schiefäugiger japanischer Diener verhandelte erst eine Zeitlang vergeblich mit ihr, dann ließ er sie ein und verschwand. Sie blieb in der Diele stehen, die ihrer einfachen Auffassung nach das Gastzimmer sein mußte – der Schauraum, in dem alle Schätze des Hauses ausgestellt waren, mit der offenen Absicht, zu paradieren und zu blenden. Wände und Decke bestanden aus getäfeltem und poliertem Rotholz. Der Boden war glatter als das glatteste Eis, und sie suchten einen festen Halt für ihre Füße auf einem der großen Pelzteppiche, die auf der gebohnerten Oberfläche eine gewisse Sicherheit gaben. Ein mächtiger Kaminplatz – ein übertrieben großer Ofen – so schien es ihr – gähnte an der Wand gegenüber. Ein Strom von Licht durchflutete, durch Glasgemälde gemildert, den Raum, und in der fernsten Ecke schimmerte weiß eine marmorne Gestalt.

So viel und noch mehr hatte sie gesehen, als der schiefäugige Diener wieder erschien und sie durch einen zweiten Raum, von dem sie nur einen flüchtigen Eindruck erhielt, in einen dritten führte, aber beide verdunkelten den blendenden Eindruck, den sie von der Diele bekommen hatte. Und in ihren Augen schien es, als ob das Haus eine unendliche Menge von ähnlichen Räumen enthalten müßte. Sie waren alle so lang und so breit, und die Decke war so unbegreiflich fern. Zum erstenmal, seitdem sie die Zivilisation des weißen Mannes kennengelernt hatte, wurde sie von einem Gefühl der Ehrfurcht ergriffen. Neil, ihr Neil lebte in diesem Hause, atmete diese Luft und legte sich hier nachts zum Schlafen. Es war schön, alles, was sie hier sah, und es gefiel ihr – aber sie empfand auch die Meisterschaft und die Weisheit, die dahinter lag. Es war der konkrete Ausdruck der Macht, in die Form der Schönheit gegossen, und es war die Macht, die sie unbeirrbar ahnte.

Und dann erschien eine Frau von königlichem Wuchs mit einer Glorie von Haar gekrönt, das wie eine goldene Sonne war. Es schien Jees Uck, als käme sie ihr wie eine tänzelnde Musik über stilles Gewässer entgegen. Selbst ihr wogendes Gewand war wie ein Lied, das ihr Körper durch seinen Rhythmus begleitete. Jees Uck war selbst eine Männerbezwingerin. Da waren Oche Ish und Imego und Hah Yo und Wy Nooch, um gar nicht von Neil Bonner und John Thompson und anderen weißen Männern zu sprechen, die sie angeschaut und ihre Macht empfunden hatten. Aber sie starrte in die großen blauen Augen und auf die blütenweiße Haut dieser Frau, die auf sie zuschritt, um sie zu begrüßen, und sie musterte sie mit den Blicken einer Frau, die mit den Augen eines Mannes sehen wollte und fühlte, wie sie als Männerbeherrscherin hinschwand und vor dieser strahlenden und blendenden Erscheinung unbedeutend wurde.

»Sie wollen meinen Mann sprechen?« fragte die Frau. Und Jees Uck schnappte nach Luft, als sie die Stimme hörte, die wie flüssiges Silber war – eine Stimme, die nie barsche Rufe an knurrende Hunde hatte schreien, sich nie einer brutalen Sprache hatte anpassen müssen, und die nie durch Sturm und Kälte und Lagerrauch heiser geworden war.

»Nein«, antwortete Jees Uck langsam und unsicher, da sie sich bemühte, ihrem Englisch Ehre zu machen. »Ich bin gekommen, um Neil Bonner zu sprechen.«

»Das ist ja mein Mann«, lachte die Frau.

Dann war es also wahr! John Thompson hatte an jenem weißen Februartag, als sie so hochmütig gelacht und ihm die Tür vor der Nase zugeschlagen hatte, nicht gelogen. Wie sie einst Amos Pentley niedergeworfen und ihr Messer über ihn geschwungen hatte, so fühlte sie auch jetzt das Bedürfnis, sich auf diese Frau zu stürzen, sie zu Boden zu schleudern und ihr das Leben aus dem schönen Gesicht zu kratzen. Aber Jees Uck besann sich schnell, und Kitty Bonner merkte nichts und ließ sich nie träumen, wie nahe ihr einen Augenblick der plötzliche Tod gewesen war.

Jees Uck nickte nur, zum Zeichen, daß sie verstand, und Kitty Bonner erklärte ihr, daß Neil jeden Augenblick zu erwarten war. Dann nahmen sie Platz – auf lächerlich bequemen Stühlen – und Kitty bemühte sich, ihre seltsame Besucherin zu unterhalten, während Jees Uck ihr Bestes tat, um ihr dabei zu helfen.

»Sie haben meinen Mann im Norden gekannt?« fragte Kitty einmal.

»Ja, gewiß, ich waschen die Wäsche«, antwortete Jees Uck. Ihr Englisch begann plötzlich grauenhaft zu werden.

»Und das ist Ihr Junge? Ich habe selbst ein kleines Mädchen.«

Kitty ließ ihr Töchterchen holen, und während die Kinder auf ihre Art schnell bekannt wurden, vertieften sich die Mütter in die übliche Unterhaltung der Mütter, während sie Tee aus Tassen tranken, die so zerbrechlich waren, daß Jees Uck fürchtete, die ihre zwischen ihren Fingern in tausend Stücke zu zerdrücken. Nie hatte sie so feine und schöne Tassen gesehen! In ihren Gedanken verglich sie sie mit der Frau, die den Tee eingoß, und als Gegensatz tauchten vor ihrem inneren Auge die Kallebassen und kleinen Schüsseln des Toyaatdorfes auf und die plumpen Humpen von Twenty Miles, mit denen sie sich selbst verglich. Und in solchen Formen und Gleichnissen stellte sie das ganze Problem in ihrer Seele dar. Sie war besiegt. Hier saß eine Frau, die ganz anders als sie befähigt war, die Kinder Neil Bonners zu gebären und zu erziehen. Wie sein Volk das ihrige übertraf, so übertrafen die Frauen seiner Art auch sie. Sie waren die Beherrscherinnen der Männer, wie diese die Beherrscher der Welt waren. Sie betrachtete die blütenweiße Zartheit von Kitty Bonners Haut und dachte daran, wie sonnengebräunt die ihrige war. Sie blickte von der weißen Hand auf ihre braune Faust – die eine war von der Arbeit geprägt und durch die Führung von Peitsche und Paddel abgehärtet, während die andere nie Arbeit gekannt und weich wie die eines Säuglings war. Aber trotz dieser Schwäche und unverkennbaren Weichheit fand Jees Uck, als sie in die blauen Augen blickte, doch denselben Herrscherwillen, den sie in den Augen Neil Bonners und in den Augen aller, die seinem Volke angehörten, gefunden hatte.

»Nein, so was – da ist ja Jees Uck!« sagte Neil, als er eintrat. Er sagte es ganz ruhig, ja, in einem Ton herzlicher Freude, als er zu ihr trat und ihr beide Hände schüttelte. Aber gleichzeitig sah er ihr mit einem unruhigen Blick, den sie verstand, in die Augen.

»Ach, Neil!« sagte sie. »Sie sehen sehr gut aus.«

»Das ist wirklich fein, Jees Uck«, antwortete er herzlich, während er Kitty heimlich mit prüfenden Blicken betrachtete, um irgendwelche Anzeichen dessen zu finden, was zwischen den beiden vorgegangen war. Und doch kannte er seine Frau gut genug, um zu wissen, daß sie es nie verraten hätte, selbst, wenn das Schlimmste zwischen ihnen geschehen wäre.

»Ich kann gar nicht sagen, wie ich mich freue, Sie einmal wiederzusehen«, fuhr er fort. »Wie ist es Ihnen ergangen? Haben Sie eine Goldmine gefunden? Und wann sind Sie angekommen?«

»Oh, ich heute angekommen«, erklärte sie, und unwillkürlich kehrte sie zu den gutturalen Tönen der Heimat zurück. »Ich habe keine Mine gefunden, Neil. Sie kennen Capt'n Markheim, Unalsaska? Ich kochen lange Zeit in seinem Haus. Kein Geld ausgeben. Viel gesparen, sehr viel. Sehr gut nach Land der Bleichgesichter gehen, denken ich, und sich ansehen. Sehr schön ist Land der Bleichgesichter, sehr fein«, fügte sie hinzu. Ihr Englisch verwirrte ihn, denn Sandy und er hatten sich beständig bemüht, ihre Sprache zu verbessern, und sie hatte sich als fähige Schülerin erwiesen. Jetzt schien es, als wäre sie wieder zu ihrer Rasse gesunken. Ihr Gesicht war ausdruckslos, völlig ausdruckslos und verriet nichts. Auch Kittys ruhige Brauen schienen ihn zu verspotten.

Was war geschehen? Wieviel war gesagt? Wieviel nur erraten?

Während er mit diesen Problemen rang, und während Jees Uck mit den ihrigen kämpfte – nie war er ihr so wunderbar und so groß erschienen – herrschte Schweigen.

»Denken Sie, daß Sie meinen Mann in Alaska gekannt haben!« sagte Kitty sanft.

Ihn gekannt! Jees Uck warf unwillkürlich einen Blick auf den Knaben, den sie geboren hatte, und mechanisch folgten seine Augen ihrem Blick zum Fenster, wo die Kinder spielten. Es war ihm, als ob ein eisernes Band sich um seine Stirn preßte. Seine Knie gaben nach und sein Herz pochte ungestüm und schlug wie eine geballte Faust gegen seine Brust. Sein Junge! Das hatte er sich nie träumen lassen.

Die kleine Kitty Bonner, die in ihrem dünnen Tüllkleidchen und mit den rosigsten Wangen und den blauesten tanzenden Augen, wie eine Fee aussah, streckte die Arme aus, spitzte einladend die Lippen und wollte dem Knaben einen Kuß geben. Aber der Junge, der schmal, geschmeidig und sonnengebräunt war und einen ledernen Anzug mit Haarfransen und Klunkern trug, welcher seine Verwendung auf See und bei harter Arbeit verriet, widerstand ihren Annäherungsversuchen kühl. Er hielt seinen Körper straff und steif, so aufrecht, wie es den Kindern wilder Völker eigentümlich ist. Er war ein Fremder in einem fremden Land, unbezwungen und ohne Furcht und glich, wie er dastand, fast einem ungezähmten Tier: stumm und wachsam, die schwarzen Augen von Gesicht zu Gesicht funkelnd, ruhig, solange die Ruhe dauerte, aber bereit zum Sprung und Kampf, zum Würgen und Kratzen für das Leben, wenn die Anzeichen der ersten Gefahr drohten.

Der Gegensatz zwischen dem Knaben und dem Mädchen war auffallend, aber nicht Mitleid erregend. Dazu war zuviel Kraft in dem Knaben, heimatlos, wie er durch die Generationen von Schpack, Spike O'Brien und Bonner geworden war. Aber in seinen Zügen, die rein geschnitten wie eine Kamee und fast klassisch in ihrer Strenge waren, enthüllten sich die Macht und das Heldentum seines Vaters und seines Großvaters und des einen, der als »Großer Fettwanst« berühmt war, von dem Seevolk gefangengenommen wurde und nach Kamtschatka entfloh.

Neil Bonner beherrschte seine Rührung, schluckte und würgte daran, obgleich sein Gesicht gutgelaunt lächelte und die Freude zeigte, die man empfindet, wenn man einen Freund trifft.

»Ihr Junge, Jees Uck?« sagte er. Und dann wandte er sich an Kitty: »Ein reizender kleiner Kerl. Der wird mit seinen beiden Händen etwas ausrichten in der Welt.«

Kitty nickte zustimmend. »Wie heißt du?« fragte sie.

Der junge Wilde funkelte sie mit seinen schnellen Augen an, und sein Blick zögerte einen Augenblick auf ihrem Gesicht, als suchte er dort die Absicht hinter der Frage.

»Neil«, antwortete er bedachtsam, als die Untersuchung ihn befriedigt hatte.

»Das ist die Injunsprache«, fiel Jees Uck ein und erfand schnell, aus einer augenblicklichen Inspiration heraus, eine neue Sprache. »Er Injun sprechen, ni–al bedeuten ›Nußknacker«. Er sagte: ›Ni–al, ni–al!‹ Immer er das sagte: ›Ni–al!‹ Dann ich gab ihm den Namen. So sein Name immer ›ni–al‹ gewesen.«

Nie hatten Worte einen gesegneteren Klang in den Ohren Neil Bonners gehabt als diese Lüge, die so glatt von Jees Ucks Lippen strömte. Dies war das sichere Zeichen, und er wußte jetzt, daß Kittys Brauen keinen Grund gehabt hatten, sich zu runzeln.

»Und sein Vater?« fragte Kitty. »Er muß ein schöner Mann gewesen sein.«

»Oh ja«, lautete die Antwort. »Sein Vater sehr schöner Mann. Sicherlich.«

»Hast du ihn gekannt, Neil?« fragte Kitty.

»Ihn gekannt? Ja, sehr«, antwortete Neil und sprang in Gedanken nach dem unheimlichen Twenty Miles und zu dem Manne zurück, der dort allein mit seiner Sehnsucht gewesen war.

Und hier sollte die Geschichte von Jees Uck eigentlich aus sein, weil sie ihrer Entsagung die Krone aufgesetzt hatte. Als sie nach dem Norden zurückkehrte, um wieder in ihrem großen Blockhaus zu leben, fand John Thompson, daß die P. C. Company doch einen Versuch machen sollte, ihre Geschäfte ohne seine Hilfe zu betreiben. Der neue Vertreter und seine Nachfolger bekamen alle den Auftrag, daß die Frau Jees Uck alle Lebensmittel und Waren, gleichgültig in welchen Mengen sie sie wünschte, haben sollte, und zwar ohne Entgelt. Außerdem zahlte die Company Frau Jees Uck eine jährliche Pension von fünftausend Dollar.

Als der Junge das geeignete Alter erreicht hatte, nahm Pater Champreau sich seiner an, und es dauerte nicht lange, so erhielt Jees Uck regelmäßig Briefe aus dem Jesuitenkollegium in Maryland. Später kamen diese Briefe aus Italien und noch später aus Frankreich. Und schließlich kehrte ein gewisser Pater Neil nach Alaska zurück, ein Mann, der dem Lande unendlich viel Gutes tat, und der seine Mutter über alles liebte. Später fand er ein größeres Arbeitsgebiet und stieg zu hohem Ansehen in der Gesellschaft.

Als Jees Uck aus San Francisco nach dem Norden zurückkehrte, warfen ihr die Männer immer noch Blicke zu und begehrten sie. Aber sie lebte sehr zurückgezogen, und man hörte nie andere als anerkennende Worte über sie. Eine Zeitlang wohnte sie bei den barmherzigen Schwestern des Heiligen Kreuzes, wo sie lesen und schreiben lernte und einige Erfahrung in praktischer Heilkunde und Krankenpflege erwarb. Danach kehrte sie in ihr großes Blockhaus zurück und versammelte die jungen Mädchen des Toyaatdorfes um sich, um ihnen die Wege zu zeigen, die sie in dieser Welt gehen mußten, Sie ist weder katholisch noch protestantisch, diese Schule in dem Hause, das Neil Bonner für Jees Uck, seine Gattin, erbaute, aber die Missionare aller Sekten betrachteten sie mit derselben Sympathie. Die Türglocke hat niemals Ruhe, und müde Goldsucher und Männer, die vom Wandern erschöpft sind, verlassen den flutenden Fluß oder die gefrorene Fährte, um einen Augenblick bei Jees Uck zu verweilen und sich an ihrem Feuer zu wärmen. Und in Kalifornien sitzt Frau Kitty Bonner und freut sich über das aufopfernde Interesse, das ihr Gatte für das Erziehungswesen in Alaska hegt und über die großen Beträge, die er dafür ausgibt. Und obgleich sie oft lächelt und spottet, ist sie in ihrem tiefsten Herzen und ganz im geheimen nur um so stolzer auf ihren Gatten.

Braunwolf

Das Gras war feucht vom Tau. Sie mußte deshalb Ueberschuhe anziehen und verspätete sich dadurch etwas. Als sie dann endlich aus dem Hause trat, fand sie ihren wartenden Gatten in Bewunderung vor einer Mandelknospe; die sich soeben öffnete. Sie warf einen suchenden Blick über das hohe Gras und nach den Obstbäumen.

»Wo ist Wolf?« fragte sie.

»Soeben war er noch da!« Walt Irvine riß sich mit einem Ruck aus den philosophischen und poetischen Betrachtungen, zu denen ihn das organische Wunder der Blume veranlaßt hatte, und überblickte prüfend die Landschaft. »Als ich ihn zuletzt sah, jagte er gerade einem Kaninchen nach.«

»Wolf! Wolf! Hierher, Wolf!« rief sie, als sie die Lichtung verließ und den Steg einschlug, der durch das Manzanillagebüsch mit den wächsernen Glockenblumen nach der Landstraße hinunterführte.

Irvine steckte seine beiden kleinen Finger zwischen die Lippen und unterstützte die Bemühungen seiner Frau durch einen schrillen Pfiff.

Sie hielt sich schnell die Hände vor die Ohren und zog eine Grimasse.

»Mein Gott, daß ein Dichter wie du, mit deinen zarten Nuancen und allem, was dazu gehört, so gräßliche Geräusche machen kann! Du zerreißt mir ja das Trommelfell. Dein Pfeifen —«

»Orpheus.«

»Und ich wollte gerade Straßenjunge sagen«, schloß sie streng.

»Das Dichten hindert nicht, daß man auch praktisch sein kann — jedenfalls hindert es mich nicht daran. Ich gehöre nicht zu den unnützen Genies, die nicht imstande sind, ihre Juwelen den Zeitschriften zu verkaufen.«

Er steckte eine Miene scherzhafter Ueberlegenheit auf und fuhr fort:

»Ich bin kein Barde, der in einer Mansarde haust, aber ebensowenig bin ich ein Salondichter. Und warum? Weil ich praktisch bin. Meine Dichtung ist keine schmutzige kleine Pfütze, die man nicht als anständigen Tauschwert ansieht und in eine blumengeschmückte Villa, eine süße Gebirgsquelle, einen Hain von Rotholzbäumen, einen Obstgarten mit siebenunddreißig Bäumen, eine lange Reihe von Brombeersträuchern und zwei kürzere Reihen von Stachelbeerbüschen verwandeln kann – gar nicht zu reden von einer Viertelmeile leise rieselnden Baches. Ich bin ein Verkäufer der Schönheit, und mein Ziel ist das Nützliche, liebe Madge. Ich singe mein Lied, und dank den Redakteuren der Zeitschriften verwandle ich diesen meinen Gesang in das Rauschen des Westwindes, der durch die Tannen seufzt, in das Murmeln des Wassers über bemooste Steine, das mir wiederum ein anderes Lied vorsummt, anders als das meine und doch dasselbe, nur in ... hm ... wunderbarer Verwandlung.«

»Wenn nur alle deine Liederverwandlungen wirklich so erfolgreich wären«, lachte sie.

»Nenne mir eine, die es nicht war.«

»Die beiden schönen Sonette, die du in eine Kuh verwandeltest, die in der ganzen Gegend als die schlechteste Milchkuh berüchtigt war.«

»Sie war aber schön«, begann er.

»Aber Milch gab sie nicht«, unterbrach ihn Madge.

»Aber schön war sie wirklich ... oder etwa nicht?« drängte er.

»Hier ist also ein Fall, bei dem Schönheit und Nutzen nicht übereinstimmen«, lautete ihre Antwort.

»Und da ist unser Wolf.«

Von dem mit Buschwerk bewachsenen Hang hörten sie das Knacken trockener Zweige, und dann erschienen – vierzig Fuß über ihnen – am Rande der steilen Felswand der Kopf und die Schultern eines Hundes. Seine Vorderpfoten stemmten sich hart gegen einen Stein, daß er sich löste. Mit gespitzten Ohren und spähenden Blicken folgte er dem Sturz des Steines, bis er vor die Füße der beiden Menschen fiel. Dann blickte er hinab und lachte sie mit offenem Maul an.

»Du Wolf! Was machst du denn?« und »Du süßer Wolf!« riefen der Mann und die Frau zu ihm hinauf.

Die Ohren bewegten sich beim Klang der Stimmen hin und her, und es sah aus, als ob der Kopf sich unter den Liebkosungen einer unsichtbaren Hand duckte.

Sie sahen ihn rücklings in das Dickicht kriechen und gingen dann weiter. Einige Minuten später schloß sich der Hund, der einer Biegung des Weges, wo der Abhang weniger schroff war, gefolgt war, ihnen in einer Miniaturlawine von kleinen Steinen und losem Kies an. Er war nicht aufdringlich in seiner Zärtlichkeit. Ein leichtes Klopfen und ein Streicheln über die Ohren vom Mann und eine etwas länger anhaltende Liebkosung von der Frau – und schon war er wieder den Weg ein Stückchen weitergelaufen. Nach echter Wolfsart glitt er mühelos über den Boden dahin.

Nach Körperbau, Pelz und Rute schien er ein richtiger Wolf zu sein, nur Farbe und Zeichnung straften das wölfische Aussehen Lügen. Darin verriet sich der Hund unverkennbar. Nie hatte ein Wolf eine Farbe gehabt wie er. Er war braun, tiefbraun, rotbraun, eine Orgie von Braun. Rücken und Schultern waren von einem warmen Braun, das an den Seiten blasser und unter dem Bauch zu einem Gelb wurde, das etwas schmutzig erschien, weil es mit Braun vermischt war. Das Weiß an Kehle und Pfoten und die hellen Flecke über den Augen wirkten ebenfalls etwas trübe, weil sich auch dort das Braun hartnäckig und unverwüstlich geltend machte. Selbst die Augen waren wie Zwillingstopase aus Gold und Braun.

Der Mann und die Frau liebten den Hund sehr, vielleicht nur deshalb, weil es so schwer gewesen war, seine Liebe zu erringen. Es war gar nicht so einfach gewesen, als er plötzlich in geheimnisvoller Weise aus dem Nichts in ihrer Bergvilla auftauchte. Seine Füße waren wund gewesen, und er selbst war ausgehungert. Vor ihren Fenstern hatte er ein Kaninchen getötet, war dann fortgekrochen und hatte sich bei der Quelle am Rande des Brombeergebüsches schlafen gelegt. Als Walt Irvine hinunter kam, um sich den Eindringling anzusehen, wurde er für seine Mühe angeknurrt, und ebenso erging es Madge, als sie ihm ein Friedensopfer in Gestalt einer großen Schüssel mit Brot und Milch gebracht hatte.

Er erwies sich als ein äußerst ungesellig veranlagter Hund, wollte sich nicht anrühren lassen und bedrohte sie, als sie es versuchten, mit gefletschten Zähnen und gesträubtem Haar. Nichtsdestoweniger blieb er, schlief an der Quelle, ruhte sich aus und fraß das Futter, das sie ihm gaben, nachdem sie es in sicherer Entfernung hingestellt und sich wieder zurückgezogen hatten. Seine schwer angegriffene Körperverfassung erklärte sein Bleiben zur Genüge. Und wenige Tage später, als er sich erholt hatte, verschwand er wieder.

Und damit wäre seine Geschichte wohl beendet gewesen, jedenfalls insofern Walt Irvine und seine Frau in Betracht kamen, wäre Irvine nicht ausgerechnet in jenen Tagen nach dem nördlichen Teile des Staates gerufen worden. Vom Zuge aus warf er zufällig – irgendwo zwischen Kalifornien und Oregon – einen Blick zum Fenster hinaus und sah seinen ungeselligen Gast, der neben dem Gleise herlief, braun und wolfsartig, müde, aber doch unermüdlich, vom Staub und Schmutz einer Wanderung von zweihundert Meilen bedeckt.

Nun war Irvine sehr impulsiv – war er doch ein Dichter. Er stieg an der nächsten Station aus, kaufte beim Schlächter ein Stück Fleisch und erwischte den Vagabunden am Rande der Stadt. Die Rückfahrt unternahmen beide in einem Güterwagen, und auf diese Weise kam Wolf zum zweiten Male nach der Bergvilla. Hier wurde er eine ganze Woche gemästet, und sowohl Mann wie Frau warben um seine Liebe. Aber es war ein sehr vorsichtiges Liebeswerben. Zurückgezogen und fremd wie ein Wanderer von einem anderen Stern knurrte er nur als Antwort auf ihre sanften Liebesworte. Er bellte nie. Seit er bei ihnen war, hatten sie ihn nie bellen hören.

Wie sie ihn gewinnen sollten, wurde ein wahres Problem für sie. Irvine liebte alle Probleme. Er ließ ein Messingschild verfertigen, auf dem graviert stand: An Walt Irvine, Glen Ellen, Sonoma, Kalifornien, zurücksenden. Dieses Schild wurde am Halsband befestigt und hing somit um den Hals des Hundes. Dann wurde er wieder losgelassen und verschwand natürlich auch prompt. Tags darauf kam ein Telegramm aus Mendocino. In zwanzig Stunden hatte der Hund eine Strecke von hundert Meilen nach Norden zurückgelegt und war auch noch unterwegs, als er erwischt wurde.

Er kehrte mit dem Wells Fargo Express zurück, wurde drei Tage gepäppelt, am vierten wieder losgelassen und lief abermals weg. Diesmal erreichte er das südliche Oregon, ehe er wieder gefangen und zurückgeschickt wurde. Kaum hatte er seine Freiheit wiedererlangt, so entfloh er auch schon, und immer lief er auf seinen Fluchtversuchen nordwärts. Er war von einem Wahn besessen, der ihn immer wieder nach dem Norden trieb. Es war offenbar der Heim-Instinkt, wie Irvine es nannte, nachdem er das ganze Honorar für ein Sonett ausgegeben hatte, um das Tier aus dem nördlichen Oregon zurückzubekommen.

Ein andermal gelang es dem braunen Vagabunden, halb Kalifornien, ganz Oregon und den größten Teil von Washington zu durchstreifen, ehe er erwischt und mit der Bemerkung »Gefunden« zurückgeschickt wurde. Besonders bemerkenswert war die Schnelligkeit, mit der er seine Wanderungen unternahm. Wenn er gemästet und ausgeruht war, verwandte er, sobald er wieder frei wurde, seine ganze Energie auf das Laufen. Es wurde festgestellt, daß er am ersten Tage nicht weniger als hundertfünfzig Meilen zurücklegte und danach, bis er gefangen wurde, durchschnittlich hundert Meilen täglich machte. Er kam immer mager, hungrig und verwildert zurück, lief aber, sobald er kräftig und ausgeruht war, wieder fort und bahnte sich seinen Weg nach dem Norden, alles irgendeiner kategorischen Forderung seines Blutes zufolge, die keiner verstand.

Nachdem er jedoch ein ganzes Jahr vergebens zu entfliehen versucht hatte, fand er sich in das Unvermeidliche und entschloß sich, in der Villa zu bleiben, wo er das erstemal ein Kaninchen getötet und an der Quelle geschlafen hatte. Doch selbst nach diesem Entschluß verging noch längere Zeit, bis der Mann und die Frau ihre Bemühung, ihn zu streicheln, wirklich von Erfolg gekrönt sahen. Es war ein großer Sieg, denn sie allein durften ihn anrühren. Er war sehr wählerisch, und es gelang keinem Gast der Villa, ihn je zu berühren. Ein langes Knurren begrüßte jeden Versuch dieser Art. Wenn jemand wirklich den Mut bewies, sich dennoch zu nähern, fletschte der Hund die Zähne, und das Murren wurde zu einem wilden Knurren, das so furchtbar und bösartig war, daß es selbst dem Tapfersten Respekt einflößte, wie es auch den Hunden der Bauern Schrecken einjagte, die zwar das übliche Hundeknurren kannten, aber noch nie das Fauchen eines Wolfes erlebt hatten.

Er hatte keine Vorgeschichte. Sein Leben begann sozusagen mit Walt und Madge. Er war aus dem Süden gekommen, aber sie hatten nie das geringste von dem Besitzer gehört, dem er doch offenbar entlaufen war. Frau Johnson, ihre nächste Nachbarin, die sie mit Milch versorgte, erklärte, daß er augenscheinlich ein Klondike-Hund sei. Ihr Bruder hatte in jenem fernen Lande nach aufgegebenen Goldadern gesucht, und sie hielt sich deshalb für eine besondere Autorität auf diesem Gebiete.

Aber sie stritten sich gar nicht mit ihr in dieser Frage. Denn an beiden Ohren Wolfs waren die Spitzen augenscheinlich einmal so ernsthaft erfroren gewesen, daß sie nie wieder vollkommen heilen wollten. Außerdem sah er ganz wie die Photographien von Alaskahunden aus, die sie in den Magazinen und Zeitungen fanden. Sie dachten oft über seine Vergangenheit nach und versuchten sich aus allem, was sie gehört und gelesen hatten, sein Leben dort im Nordlande zu rekonstruieren. Daß dieses Land im hohen Norden ihn immer wieder anzog, wußten sie ja schon. Noch jetzt konnte es geschehen, daß sie ihn nachts leise heulen hörten. Und wenn der Wind aus Norden wehte und schneidender Frost in der Luft war, konnte eine große Unruhe über ihn kommen, so daß er ein langes Klagen erhob, von dem sie wußten, daß es Wolfsgeheul war. Aber bellen tat er nie. Keine Herausforderung konnte ihm diesen Hundelaut entlocken.

In der Zeit, da sie ihn zu gewinnen trachteten, hatten sie lange Aussprachen, wem von ihnen beiden der Hund eigentlich gehörte. Sie erhoben beide Anspruch auf ihn, und jedesmal, wenn er ihnen Zärtlichkeiten erwies, erklärte jeder von ihnen, daß sie ihm gegolten hätten. Anfangs war der Mann am besten daran, wenn auch hauptsächlich eben deshalb, weil er ein Mann war. Es war ganz einleuchtend, daß Wolf keine Erfahrungen mit Frauen gemacht hatte. Er verstand die Frauen einfach nicht. Madges Röcke waren etwas, das ihm nie ganz recht war. Ihr Rascheln genügte, daß sich ihm die Haare sträubten, und an windigen Tagen konnte sie ihm überhaupt nicht nahe kommen.

Andererseits aber war es Madge, die ihm sein Futter gab. Sie war es auch, die in der Küche herrschte und mit deren Genehmigung – und nur dann – er das heilige Gebiet der Küche betreten durfte. Dank diesen besonderen Verhältnissen gelang es ihr, das Hindernis, das ihre Kleider schufen, zu überwinden. Da aber gab Walt sich ganz besondere Mühe, indem er es zur Gewohnheit machte, daß Wolf zu seinen Füßen lag, wenn er schrieb. Freilich verlor er dadurch sehr viel Zeit, weil er ihn immer wieder streicheln oder anreden mußte. Schließlich errang Walt auf diese Weise den Sieg, der aber wahrscheinlich nur dadurch bedingt wurde, daß er eben ein Mann war. Madge versicherte freilich, daß sie eine Viertelmeile von einem weiteren rieselnden Bach und mindestens noch zwei durch ihren Tannenwald seufzende Westwinde gehabt haben würden, wenn Walt seine Energie hauptsächlich auf die Verwandlung von Liedern verwendet und es Wolf überlassen hätte, unbeeinflußt seinem angeborenen Geschmack und seiner Urteilskraft zu folgen.

»Es ist übrigens Zeit, daß du mich an das Sonett erinnerst«, sagte Walt nach fünf Minuten langem Schweigen, während sie den Weg ruhig weitergegangen waren. »Es wird ein Scheck auf dem Postamt liegen, denke ich, und wir werden ihn gleich in schönes Buchweizenmehl, ein Glas Honig und ein Paar neue Schuhe für dich verwandeln.«

»Und in schöne Milch von der schönen Kuh der Frau Johnson«, fügte Madge hinzu. »Morgen ist nämlich der Erste, daß du es weißt.«

Walt blickte, ohne es zu wissen, ein wenig finster drein, dann aber erhellte sich sein Gesicht wieder, und er schlug mit der Hand auf die Brusttasche.

»Nun laß nur. Ich habe hier eine sehr schöne neue Kuh, die beste Milchkuh in ganz Kalifornien.«

»Wann hast du sie geschrieben?« fragte sie eifrig und fügte tadelnd hinzu: »Und mir hast du sie nicht gezeigt?«

»Ich habe sie aufbewahrt, um sie dir an einer besonderen Stelle vorzulesen, wie hier zum Beispiel«, antwortete er und wies mit der Hand auf einen trockenen Baumstamm, auf den sie sich setzen konnten.

Ein schmaler Bach kam aus dichtem Farngestrüpp, rann über bemooste Steine unmittelbar zu ihren Füßen über den Weg. Aus dem Tal hörten sie den süßen Gesang der Feldlerchen, während große, gelbe Schmetterlinge über ihren Köpfen vom Schatten in den Sonnenschein und wieder zurück flatterten.

Von unten stieg noch ein anderes Geräusch zu ihnen empor und störte Walt, als er gerade beginnen wollte, leise aus seinem Manuskript vorzulesen. Es war das Stapfen schwerer Füße, hin und wieder unterstrichen vom Rascheln eines Steines, der unter den Füßen hinwegglitt. Als Walt zu Ende gelesen hatte und seine Frau anblickte, um ihr Urteil zu hören, tauchte an der Wegbiegung ein Mann auf. Er war barhaupt und verschwitzt. In der einen Hand hielt er ein Taschentuch, mit dem er sich das Gesicht abwischte, während er in der anderen einen neuen Hut und einen zerknitterten Kragen trug, den er abgelegt hatte. Es war ein kräftig gebauter Mann, und die Muskeln quollen ihm aus seinem peinlich neuen, fertiggekauften Anzug heraus.

»Heiß heute«, begrüßte ihn Walt. Walt hegte großes Vertrauen zu ländlicher Demokratie und ließ nie eine Gelegenheit vorbeigehen, ohne sie in die Praxis umzusetzen.

Der Mann blieb stehen und nickte.

»Das will ich glauben. Ich bin nicht so an die Wärme gewöhnt«, meinte er, sich halb entschuldigend. »Ich bin mehr für die Temperatur um Null herum.«

»Die werden sie hierzulande kaum finden«, lachte Walt.

»Scheint mir auch nicht«, gab der Mann zur Antwort. »Aber ich bin auch nicht hierhergekommen, um mich danach umzusehen. Ich suche meine Schwester. Vielleicht wissen Sie, ob sie noch am Leben ist. Sie heißt Johnson. Frau William Johnson.«

»Dann sind Sie der Bruder aus Klondike«, rief Madge, und ihre Augen blitzten vor Neugierde »Von Ihnen haben wir schon viel gehört.«

»Ja, meine Dame, der Bruder bin ich«, antwortete er bescheiden. Ich heiße Miller. Skiff Miller. Ich dachte mir schon, daß die Leute staunen würden.«

»Da sind Sie auf dem rechten Wege. Nur, daß Sie den Fußsteg gegangen sind.« Madge stand auf, um ihm den Weg zu zeigen. Sie wies nach der Schlucht, die sich eine Viertelmeile weiter oben befand. »Sehen Sie den verbrannten Wald dort oben? Gehen Sie den schmalen Weg, der nach rechts liegt. Das ist der kürzeste Weg nach ihrem Hause. Sie können gar nicht fehl gehen.«

»Jawohl. Ich danke schön, meine Dame, herzlichen Dank«, sagte er.

Er machte verschiedene Versuche, sich zu entfernen, schien aber auf etwas ungeschickte Weise angewachsen zu sein. Er starrte Madge mit einer unverhüllten Bewunderung an, die ihm selbst gar nicht bewußt war, und die – mit ihm selbst – in der steigenden Flut der Verlegenheit ertrank, die sich seiner bemächtigte.

»Wir möchten gern etwas aus Klondike von Ihnen hören«, sagte Madge. »Können wir nicht einmal hinkommen, während Sie bei Ihrer Schwester sind? Oder noch besser – kommen Sie herüber und essen bei uns Mittag!«

»Ja, sehr gern, vielen Dank«, murmelte er ganz mechanisch. Dann raffte er sich auf und fügte hinzu: »Ich bleibe ja nicht lange hier. Ich gehe wieder nach dem Norden. Ich fahre schon heute abend wieder ab. Sehen Sie, ich habe einen Postvertrag mit der Regierung.«

Als Madge ihr Bedauern hierüber ausgedrückt hatte, machte er einen neuen vergeblichen Versuch, zu gehen. Aber er konnte seinen Blick nicht von ihrem Antlitz losreißen. In seiner Bewunderung vergaß er sogar seine Verlegenheit, und jetzt war die Reihe an ihr, zu erröten und verlegen zu werden.

Walt hatte sich soeben entschieden, daß der Augenblick für ihn gekommen war, etwas zu sagen, um die peinliche Situation zu erleichtern, als gerade im rechten Augenblick

Wolf, der im Gebüsch herumgeschnüffelt hatte, in seiner Wolfsart angetrottet kam.

Die Verlegenheit Skiff Millers schwand sofort. Die schöne Frau vor ihm entglitt seinem Gesichtskreis. Er hatte nur noch Augen für den Hund. Und ein großes Staunen malte sich auf seinem Gesicht.

»Donnerwetter! Nee, so was!« sagte er langsam und feierlich.

Nachdenklich setzte er sich auf den Stamm, ohne zu bemerken, daß Madge stehen mußte. Beim Klang seiner Stimme hatte Wolf die Ohren zurückgelegt, dann öffnete sich sein Maul zu einem großen Lachen. Er lief langsam zu dem Fremden hin und beroch erst dessen Hände. Dann begann er sie mit seiner Zunge zu lecken.

Skiff Miller klopfte dem Hunde den Kopf und wiederholte dabei langsam und feierlich: »Donnerwetter! Nee, so was!«

»Entschuldigen Sie, meine Dame«, sagte er dann. »Ich wurde eben nur ein bißchen überrascht. Weiter nichts.«

»Wir sind auch überrascht«, antwortete sie leichthin. »Wir haben noch nie erlebt, daß Wolf zu einem Fremden ging.«

»Sie nennen ihn also Wolf?« fragte der Mann.

Madge nickte. »Aber ich kann seine Freundlichkeit gegen Sie gar nicht verstehen, wenn es nicht sein sollte, weil Sie aus Klondike kommen. Er ist ein Klondikehund, wissen Sie.«

»Ja, ja«, sagte Miller geistesabwesend. Er hob eine der Vorderpfoten Wolfs, untersuchte die Fußballen, drückte und betastete sie mit dem Daumen. »Ein bißchen weich geworden«, meinte er dann. »Es ist lange her, daß er unterwegs war.«

»Ich muß gestehen«, unterbrach Walt ihn, »es ist höchst merkwürdig, daß er sich das alles von Ihnen gefallen läßt.«

Skiff Miller stand auf. Jetzt machte die Bewunderung für Madge ihn nicht mehr verlegen. Mit scharfer, geschäftsmäßiger Stimme fragte er:

»Seit wann haben Sie ihn denn?«

Aber eben in diesem Augenblick öffnete der Hund, der seinen Kopf an den Beinen des Fremden rieb und sich an ihn schmiegte, sein Maul und bellte. Es war nur ein einzelner, abgebrochener Laut, kurz und fröhlich, aber es war ein Bellen.

»Das ist ja etwas ganz Neues«, meinte Skiff Miller.

Walt und Madge starrten sich an. Das Wunder war geschehen. Wolf hatte gebellt.

»Das ist das erste Mal, daß ich ihn je bellen gehört habe«, sagte Madge.

»Auch das erstemal, daß ich ihn bellen höre«, erklärte Miller.

Madge lächelte ihn an. Der Mann hatte offenbar Humor.

»Das kann ich mir denken«, sagte sie. »Denn es ist ja erst fünf Minuten her, daß Sie ihn kennen gelernt haben.«

Skiff Miller warf ihr einen scharfen Blick zu, während er in ihrem Gesicht die Tücke zu finden suchte, die er hinter ihren Worten argwöhnte.

»Ich dachte, Sie hätten mich verstanden«, sagte er langsam. »Ich dachte, Sie wären darüber gestolpert, als Sie sahen, wie er zu mir ist. Er ist mein Hund. Und er heißt nicht Wolf. Er heißt Braun.«

»Oh, Walt!« rief Madge unwillkürlich ihrem Manne zu.

Walt hielt sich in der Defensive.

»Wie können Sie wissen, daß es Ihr Hund ist?« fragte er.

»Weil er es ist«, lautete die Antwort.

»Das ist eine billige Behauptung«, sagte Walt scharf.

Skiff Miller sah ihn in seiner langsamen, nachdenklichen Weise an, dann fragte er, während er mit dem Kopf auf Madge wies:

»Woher können Sie denn wissen, daß sie Ihre Frau ist? Sie sagen auch nur: Weil sie es ist, und ich sage, das ist nichts als eine Behauptung. Der Hund gehört mir. Ich habe ihn ernährt und erzogen, und ich glaube, daß ich es wissen muß. Passen Sie auf. Ich werde es Ihnen beweisen.«

Skiff Miller wandte sich zu dem Hunde. »Braun!« Seine Stimme klang scharf und bestimmt, und bei diesem Klang legten sich die Ohren des Hundes wie unter einer Liebkosung zurück. »Rechts!« Der Hund machte eine Schwenkung nach rechts. »Jetzt gerade aus.« Und der Hund hielt plötzlich in seiner Schwenkung inne und lief in Uebereinstimmung mit dem Befehl geradeaus.

»Ich kann es auch mit Pfeifen machen«, sagte Miller stolz. »Er war mein Leithund.«

»Aber Sie werden ihn doch nicht mitnehmen?« fragte Madge zitternd.

Der Mann nickte.

»Wieder nach dem schrecklichen Klondike, wo man soviel durchmachen muß?«

Er nickte und fügte hinzu: »Oh, das ist gar nicht so schlimm. Sehen Sie mich an. Ich bin doch ein ziemlich gesundes Exemplar, nicht wahr?«

»Aber die Hunde! Das furchtbar harte Leben, die herzzerbrechende Arbeit, der Hunger, die Kälte! Oh, ich habe soviel davon gelesen, ich weiß Bescheid.«

»Ich war mal nahe daran, ihn zu essen, am Kleinen Fischfluß«, berichtete Miller barsch. »Wenn ich nicht zufällig am selben Tage einen Elch geschossen hätte – das war das einzige, was ihn rettete ...«

»Ich wäre lieber gestorben«, rief Madge.

»Hier liegen die Dinge anders«, erklärte Miller. »Sie brauchen keine Hunde zu essen. Wenn Sie aber mitten drin sitzen, dann denken Sie eben ganz anders über die Sache. Sie waren eben niemals mitten drin und wissen daher auch nichts davon.«

»Das ist es ja eben«, wandte sie eifrig ein. »Hier in Kalifornien ißt man keine Hunde. Warum wollen Sie ihn da nicht hierlassen? Er ist glücklich hier. Er wird nie Futter entbehren müssen, das wissen Sie. Er wird nie unter Härte oder Kälte zu leiden haben. Hier ist weder der Mensch noch die Natur wild und grausam. Hier ist alles sanft und freundlich. Er lernt nie wieder eine Peitsche kennen. Und was das Wetter betrifft? Nun, hier schneit es überhaupt nie.«

»Dafür ist auch eine ganz verfluchte Hitze im Sommer. Sie müssen schon entschuldigen«, lachte Skiff Miller.

»Aber Sie haben mir noch nichts geantwortet«, fuhr Madge leidenschaftlich fort. »Was für ein Leben können Sie ihm dort im Norden bieten?«

»Lebensmittel, wenn ich welche habe, und die hab' ich ja meistens«, lautete die Antwort.

»Und sonst?«

»Keine Lebensmittel.«

»Und die Arbeit?«

»Selbstverständlich – eine ganze Menge Arbeit«, fuhr es ungeduldig aus Miller heraus. »Arbeit ohne Ende, Hunger und Kälte und alles mögliche andere Elend, alles kriegt er, wenn er mit mir geht. Aber das liebt er eben. Das ist er gewöhnt. Das ist das Leben, wie er es kennt. Dazu ist er geboren und erzogen. Aber Sie wissen nichts davon. Sie haben keine Ahnung, wovon Sie sprechen. Aber der Hund gehört eben dorthin. Und dort ist er auch am glücklichsten.«

»Aber der Hund wird nicht gehen«, erklärte Walt entschlossen. »Wir brauchen die Sache also gar nicht weiter zu erörtern.«

»Was soll das heißen?« fragte Skiff Miller. Er zog die Augenbrauen hoch, und eine Blutwelle rötete seine trotzige Stirn.

»Ich sage, daß der Hund gar nicht gehen wird, und damit ist die Sache erledigt. Ich glaube auch gar nicht, daß es Ihr Hund ist. Vielleicht haben Sie ihn irgendwo gesehen. Vielleicht haben Sie ihn schon einmal seinem Besitzer weggenommen. Aber der Umstand, daß er auf die üblichen Kommandos der Alaskafahrer hört, beweist noch lange nicht, daß der Hund Ihnen gehört. Jeder Hund aus Alaska würde Ihnen ebenso gehorchen wie er. Außerdem ist er offenbar ein wertvolles Tier, wie es die Hunde in Alaska sein sollen, und das erklärt zur Genüge, daß Sie ihn gern haben möchten. Jedenfalls müssen Sie zuerst beweisen, daß er Ihnen gehört.«

Skiff Miller blieb kalt und ruhig, aber die trotzige Röte seiner Stirn wurde noch ein wenig dunkler, und die starken Muskeln unter dem dunklen Anzug strafften sich. Er sah sich den Dichter von oben bis unten an, um die Stärke seiner schlanken Gestalt zu prüfen.

Das Gesicht des Klondikers nahm einen verächtlichen Ausdruck an, als er schließlich sagte: »Ich sehe nichts, was mich hindern könnte, den Hund an Ort und Stelle und in diesem Augenblick mitzunehmen.«

Das Gesicht Walts wurde flammend rot, und die Muskeln an seinen Armen und Schultern schienen sich zu straffen. Seine Frau sprang ängstlich in die Bresche.

»Vielleicht hat Herr Miller recht«, sagte sie. »Ich meinerseits fürchte, daß er es hat. Wolf scheint ihn zu kennen und hört offenbar auf den Namen Braun. Er war auch sehr zutraulich zu ihm, und du weißt ja, daß er das noch nie gewesen ist. Denk auch daran, wie er gebellt hat. Das war einfach ein Freudenausbruch. Und Freude worüber? Ohne Zweifel, weil er Herrn Miller gefunden hat.«

Walts Muskeln entspannten sich, und er ließ hoffnungslos die Schultern wieder sinken.

»Ich fürchte, du hast recht, Madge«, sagte er. »Wolf ist nicht Wolf, sondern Braun und gehört sicher Herrn Miller.«

»Aber vielleicht verkauft Herr Miller ihn«, schlug sie vor. »Wir könnten ihn ja kaufen.«

Skiff Miller schüttelte den Kopf. Er war nicht mehr kriegerisch, sondern freundlich gesinnt und wollte sich gern ebenso großzügig zeigen, wie man es ihm gegenüber war.

»Ich hatte fünf Hunde«, sagte er, während er nachdachte, wie er seiner Ablehnung die sanfteste Form geben könnte. »Er war der Leithund. Es war das beste Gespann von ganz Alaska. Es hatte nicht seinesgleichen. Ich lehnte 1898 ein Angebot von fünftausend Dollar dafür ab. Damals standen Hunde überhaupt hoch im Preise, aber das war es nicht, was den Preis so phantastisch machte. Es war das Gespann an sich. Braun war der beste von ihnen. In dem Winter schlug ich zwölfhundert Dollar für ihn ab. Ich verkaufte ihn damals nicht, und ich will ihn auch jetzt nicht verkaufen. Außerdem habe ich verdammt viel übrig für den Hund. Seit drei Jahren sehne ich mich nach ihm. Ich wurde beinahe krank, als ich entdeckte, daß er gestohlen war ... nicht seines Wertes wegen, sondern weil ... na, weil ich ihn verflucht lieb habe, das ist es eben, ich bitte um Entschuldigung, meine Dame. Ich wollte meinen Augen nicht trauen, als ich ihn jetzt sah. Ich glaubte einfach zu träumen. Es war zu schön, um wahr zu sein. Sehen Sie, ich habe ihn ja großgezogen. Ich habe ihn zu Bett gebracht, richtig warm, jede Nacht. Seine Mutter war gestorben, und ich päppelte ihn mit kondensierter Milch zu zwei Dollar die Dose, zu einer Zeit, als ich mir sowas für meinen eigenen Kaffee nicht leisten konnte. Er hat nie eine andere Mutter gekannt als mich. Er lutschte immer an meinem Finger, das süße kleine Biest, an diesem Finger hier.«

Und Skiff Miller, der zu bewegt war, um weiterreden zu können, hielt einen Zeigefinger in die Höhe, damit sie ihn sehen könnten.

»Ausgerechnet dieser Finger ... « versuchte er hervorzubringen, als ob er dadurch den Beweis erbrächte, daß der Hund sein Eigentum war, und wie innig sie zusammengehörten.

Er starrte noch immer seinen gehobenen Finger an, als Madge zu sprechen begann.

»Aber der Hund«, sagte sie. »Sie haben ja gar keine Rücksicht auf den Hund selbst genommen.«

Skiff Miller blickte ganz verwirrt auf.

»Haben Sie auch an ihn gedacht?« fragte sie.

»Ich verstehe nicht, wo Sie hin wollen«, lautete seine Antwort.

»Vielleicht hat der Hund auch selbst eine Meinung in dieser Beziehung zu äußern«, fuhr Madge fort. »Vielleicht hat er auch seine Wünsche und seine Sympathien. Sie lassen ihm ja gar keine Wahl. Sie haben nie an die Möglichkeit gedacht, daß er Kalifornien vielleicht Ihrem Alaska vorzieht. Sie denken nur daran, was Ihnen angenehm und lieb ist. Sie behandeln ihn genau, wie Sie einen Sack Kartoffeln behandeln würden. Oder ein Bündel Heu.«

Das war ein ganz neuer Gesichtspunkt und machte sichtlich großen Eindruck auf Herrn Miller, der jetzt dasaß und über die Sache nachdachte. Madge machte sich seine Unentschlossenheit zunutze.

»Wenn Sie ihn wirklich lieben, dann würde das, was ihn glücklich macht, auch Sie glücklich machen«, argumentierte sie.

Skiff Miller überlegte immer noch. Madge warf ihrem Mann einen triumphierenden Blick zu, den er mit warmer Zuneigung beantwortete.

»Wie meinen Sie das eigentlich?« fragte der Klondiker plötzlich.

Jetzt war die Reihe an ihr, verwirrt zu werden. »Ja, was meinen Sie?« fragte sie.

»Glauben Sie, daß er lieber in Kalifornien bleiben will?«

Sie nickte energisch. »Ich bin davon überzeugt.«

Skiff begann wieder, sich die Sache zu überlegen, aber diesmal laut. Und gleichzeitig ließ er seinen Blick kritisch über das umstrittene Tier schweifen.

»Er war immer ein guter Arbeiter. Er hat ein tüchtiges Stück Arbeit für mich geleistet. Er hat nie gefaulenzt und war der reine Teufel, wenn es galt, einem neuen Gespann Mores zu lehren. Einen Kopf hat der Hund! Er kann alles, was er will – nur nicht reden. Er versteht alles, was Sie ihm sagen. Gucken Sie ihn sich nur an. Er weiß ganz genau, daß wir von ihm sprechen.«

Der Hund lag zu Skiff Millers Füßen. Der Kopf ruhte auf den Pfoten, die Ohren waren lauschend gespitzt, die Augen folgten lebhaft und eifrig dem Klang der Worte, wie sie von den Lippen erst des einen, dann des anderen kamen.

»Und es geht jetzt eine Menge in ihm vor. Es wäre gut, ihn in den kommenden Jahren zu haben. Und ich habe ihn lieb. Ich hab' ihn ganz verflucht und höllisch lieb.«

Ein- oder zweimal öffnete Skiff Miller den Mund, schloß ihn aber jedesmal wieder, ohne etwas zu sagen. Schließlich begann er:

»Ich will Ihnen sagen, was ich tue. Was Sie da gesagt haben, meine Dame, ist gar nicht ohne. Der Hund hat schwer gearbeitet, und vielleicht hat er sich einen ruhigen Hafen verdient und das Recht erworben, selbst die Wahl zu treffen. Aber so oder so – wir wollen ihm selbst die Sache überlassen. Was er sagt, wird gemacht. Ihr Herrschaften, bleibt hier sitzen. Und ich nehme Abschied und gehe weg, als ob es ganz zufällig wäre. Wenn er bleiben will, kann er bleiben. Wenn er aber mit mir gehen will, dann lassen Sie ihn gehen. Ich werde ihn nicht rufen, und Sie dürfen es auch nicht.«

Er blickte Madge mit plötzlich erwachendem Mißtrauen an und fügte hinzu: »Aber Sie müssen natürlich mit offenen

Karten spielen. Ihn nicht überreden, wenn ich Ihnen den Rücken gewandt habe.«

»Selbstverständlich sind wir korrekt«, begann Madge, aber Skiff Miller unterbrach sie mitten in ihren Beteuerungen.

»Ich kenne die Frauen«, erklärte er. »Ihre Herzen sind weich. Wenn ihre Herzen mit im Spiel sind, gucken sie leicht in die Karten, und dann lügen sie wie der Deibel ... entschuldigen Sie bitte, meine Herrschaften. Ich spreche ja bloß von Frauen im allgemeinen.«

»Ich weiß nicht, wie ich Ihnen danken soll«, sagte Madge mit zitternder Stimme.

»Ich sehe nicht ein, wieso ich Ihnen einen Grund gegeben habe, mir zu danken«, antwortete er. »Braun hat sich noch nicht entschieden. Und was meinen Sie dazu, wenn ich ganz langsam wieder weggehe? Es wäre nur ganz in Ordnung, denn hundert Schritte von hier bin ich schon außer Sicht.«

Madge erklärte sich einverstanden und fügte hinzu: »Und ich verspreche Ihnen nochmals aufrichtig, daß wir nichts tun werden, um ihn zu beeinflussen.«

»Gut ... und ich glaube, dann kann ich ebensogut gleich gehen.« Skiff Miller sagte es mit dem gewöhnlichen Tonfall eines Mannes, der sich verabschieden will.

Bei dieser Aenderung seiner Stimme hatte Wolf schnell den Kopf gehoben, und noch schneller sprang er auf, als der Mann und die Frau sich die Hände reichten. Er stellte sich auf die Hinterbeine und legte ihr die Vorderpfoten auf die Schulter, während er gleichzeitig Skiff Miller die Hände leckte. Als dieser dann Walts Hand schüttelte, wiederholte Wolf dies Tun und legte sein ganzes Gewicht auf Walt, während er beiden Männern die Hände leckte.

»Es ist kein Vergnügungsausflug, das kann ich Ihnen sagen«, lauteten die letzten Worte des Klondikers, als er sich umdrehte und langsam den Weg zurückging.

Wolf blieb stehen und sah ihn sich zehn Schritt weit entfernen. Er war selbst voller Eifer und Erwartung, als ob der Mann gleich umkehren und zurückkommen müsse. Dann sprang Wolf ihm mit einem leisen, schnellen Winseln nach, holte ihn ein, nahm seine Hand mit zögernder Zärtlichkeit zwischen die Zähne und bemühte sich, ihn freundlich zum Stehen zu bringen.

Als ihm das mißlang, stürzte er zurück, wo Walt Irvine saß, nahm seinen Rockärmel zwischen die Zähne und versuchte vergeblich, ihn zu dem weggehenden Manne hinzuziehen.

Wolfs Erregung wurde immer größer. Er wünschte überall zu sein. Er wäre am liebsten an beiden Stellen, bei dem alten und bei dem neuen Herrn gleichzeitig gewesen, und die Entfernung zwischen beiden wurde ja immer größer. Er sprang erregt herum, machte kurze, nervöse Wendungen, bald zu dem einen, bald zu dem andern hin. Wußte nicht, was er selbst wollte. Wollte beides und war außerstande, zu wählen. Stieß scharfe Schreie aus und begann laut zu schnaufen.

Plötzlich setzte er sich nieder, hob die Nase in die Luft, öffnete und schloß das Maul wieder und wieder, mit jedem Male riß er es weiter auf. Diese ruckweisen Bewegungen stimmten mit den wiederholten Zuckungen überein, die seine Kehle überfielen, und von denen jede immer ernster und intensiver wurde als die vorige. Im Takt mit den ruckweisen Bewegungen und den Zuckungen begann der Kehlkopf zu vibrieren, erst ohne Laut, nur von dem Schnaufen begleitet, mit dem er die Luft aus den Lungen ausstieß, dann aber mit einem tiefen, leisen Brummen, dem tiefsten Ton, den das menschliche Ohr vernehmen kann. Das alles war nur die Einleitung zum Heulen.

Aber als das Heulen gerade schon der vollen Kehle entströmen wollte, schloß sich das weitgeöffnete Maul wieder, die krampfhaften Zuckungen hörten auf, und er sah lange und unbeweglich dem weggehenden Manne nach. Plötzlich wandte er den Kopf und sah mit einem festen Blick Walt an. Die Frage wurde aber nicht beantwortet. Der Hund erhielt weder ein Wort, noch ein Zeichen – keine Andeutung und keinen Schlüssel zu dem großen Rätsel, wie er sich benehmen sollte.

Ein schneller Blick auf die Wegbiegung, der sein alter Herr und Meister sich immer mehr näherte, erregte ihn wieder. Er sprang mit einem Schrei auf und wandte seine Aufmerksamkeit, von einem neuen Einfall erfaßt, jetzt Madge zu. Bisher hatte er sie ignoriert, als ihn jetzt aber seine beiden Herren im Stich ließen, hatte er nur noch sie. Er lief zu ihr hin und schmiegte seinen Kopf in ihren Schoß, stieß mit seiner Nase ihren Arm an, ein alter Trick, den er immer benutzte, wenn er etwas erbetteln wollte. Er zog sich wieder von ihr zurück und begann wie im Spiele zu springen und sich zu winden, schlängelte sich und tänzelte, hob bald die Vorderpfoten, bald wühlte er den Boden mit ihnen auf. Er kämpfte mit seinem ganzen Körper, von den einschmeichelnden Blicken und wackelnden Lauschern bis zu der wedelnden Rute, um den Gedanken, der ihn beschäftigte, zum Ausdruck zu bringen, weil es ihm nicht gegeben war, sich auf andere Weise verständlich zu machen.

Bald aber hörte auch das auf. Er wurde niedergeschlagen, als er die Kälte dieser Menschen empfand, die noch nie kalt zu ihm gewesen waren. Er konnte keine Antwort aus ihnen herauslocken, keine Hilfe erlangen. Sie nahmen keine Rücksicht auf ihn. Es war, als ob sie tot wären.

Er wandte sich ab und starrte dem alten Meister nach. Skiff Miller wollte gerade um die Ecke biegen. Im nächsten Augenblick würde er den Blicken entschwunden sein. Aber er drehte nicht den Kopf, ging geradeaus, langsam und methodisch, als ob es ihm vollkommen gleichgültig wäre, was dort geschah.

Und auf diese Weise verschwand er aus dem Gesichtskreise. Wolf erwartete, daß er wieder zum Vorschein kommen sollte. Er wartete eine lange Minute, stumm, ruhig, ohne Bewegung, wie in Stein verwandelt – aber in einen Stein, der voller Eifer und Sehnsucht war. Er bellte ein einziges Mal und wartete. Dann drehte er sich um und trottete zu Walt zurück. Er beschnüffelte seine Hand und ließ sich schwerfällig zu seinen Füßen nieder. Dort blieb er liegen und beobachtete die Stelle des Weges, wo dieser, leer, dem Blick entschwand.

Das schmale Bächlein, das über die bemoosten Steine rieselte, schien plötzlich sein Gurgeln zu verdoppeln. Wären nicht die Feldlerchen gewesen, so hätte man keinen anderen Laut gehört. Die großen gelben Schmetterlinge flatterten stumm im Sonnenlicht oder verloren sich in den schläfrigen Schatten. Madge warf ihrem Gatten einen triumphierenden Blick zu.

Aber wenige Minuten darauf sprang Wolf wieder auf. Entschluß und Ueberlegung prägten seine Bewegungen. Er warf weder dem Mann noch der Frau einen Blick zu. Seine Augen waren nur auf den Weg gerichtet. Er hatte seinen Entschluß gefaßt. Sie erkannten es. Und sie erkannten auch, daß der Kampf, insofern sie in Betracht kamen, erst jetzt begonnen hatte.

Er fiel in einen ruhigen Trott, und Madges Lippen spitzten sich schon zu dem kosenden Laut, den sie ihm nachzurufen gedachte. Aber dieser Laut kam nicht. Unwillkürlich sah sie ihren Mann an und bemerkte die Strenge, mit der er sie betrachtete. Die Spannung der Lippen löste sich wieder, und sie seufzte nur hörbar.

Der Hund begann zu laufen. Immer größer wurden die Sprünge, die er machte. Nicht ein einziges Mal wandte er den Kopf. Seine Wolfsrute stand starr hinter ihm hoch. Er bog scharf um die Ecke und entschwand ihren Blicken.

Bastard

Bastard war ein Teufel. Darüber war sich das ganze Nordland einig. »Ein Höllensproß« nannten ihn viele von den Männern, aber sein Herr, der Schwarze Leclère, wählte für ihn den entwürdigenden Namen »Bastard«. Nun war der Schwarze Leclère freilich selbst ein Teufel, und somit paßten beide ganz vorzüglich zueinander. Es gibt ein altes Wort, das sagt: »Kommen zwei Teufel zusammen, muß die Hölle den Spaß bezahlen.« Das stimmt auch sicher, und es stimmte auf jeden Fall, wenn der Schwarze Leclère und Bastard zusammen waren. Als sie sich das erste Mal trafen, war Bastard erst ein halbwüchsiges Hündchen, mager und verhungert, mit bösen Augen. Und sie begegneten sich mit Knurren und Zähnefletschen, mit feindseligen Blicken, denn Leclères Oberlippe hatte eine wölfische Art, sich zu heben, daß man die grausamen weißen Zähne sah. Und sie hob sich, und die Augen funkelten bösartig, als er die Hand nach Bastard ausstreckte und ihn aus dem Wurf herauszog. Es ist gar kein Zweifel, daß die beiden sich durchschauten, denn im selben Augenblick hatte Bastard seine Milchzähne Leclère in die Hand gebohrt, während der Mann kaltblütig mit Daumen und Zeigefinger das junge Leben aus dem Hündchen herauspreßte.

»Sacredam«, sagte der Franzose leise und schleuderte die Blutstropfen von der gebissenen Hand. Er blickte auf den kleinen Hund, der hustend und nach Luft schnappend im Schnee lag.

Leclère wandte sich an John Hamlin, den Lagerverwalter der Station Sixty Miles. »Das mir eben gefallen an ihm. Wieviel Sie wollen 'aben, M'sieu? Wieviel? Ick kaufen ihn, jetzt, gleich. Ick kaufen ihn schnell.« Und weil er Bastard haßte, mit einem außerordentlich bitteren Haß, kaufte Leclère ihn und gab ihm diesen schimpflichen Namen. Und fünf Jahre lang durchwanderten die beiden das Nordland, von St. Michaels und dem Delta des Yukon bis zu den Quellen des Pelly, ja bis zum Friedensfluß, Athabasca und dem Großen Sklavensee. Und sie erwarben sich allmählich den Ruf unversöhnlicher

Bosheit in einem Maße, wie weder Männer noch Hunde ihn je gekannt haben.

Bastard hatte seinen Vater nie gekannt – daher sein Name. Aber soviel John Hamlin wußte, war sein Vater ein großer grauer Wolf gewesen. Die Mutter Bastards jedoch war – wie er sich dunkel entsann – eine mürrische, streitsüchtige, garstige, räudige Hündin mit breiter Stirn, schwerer Brust, boshaftem Blick und katzenartiger Zähigkeit gewesen. Sie war ein wahres Genie, wenn es Tücke und Bosheit galt. Weder Treue noch Zuverlässigkeit war bei ihr zu finden. Man konnte nur mit ihrer Unzuverlässigkeit rechnen, und ihre Liebesabenteuer in den Wäldern bestätigten den Ruf ihrer Verdorbenheit. Es war Kraftvolles, aber auch viel Böses in diesen Erzeugern Bastards gewesen, und als Knochen von ihren Knochen, Fleisch von ihrem Fleisch hatte er alles geerbt. Und dann kam der Schwarze Leclère, um seine Hand auf dieses bißchen pulsierenden Hundelebens zu legen, um es zu drücken und zu reizen und zu gestalten, bis es zu einem großen, aufgeregten Köter wurde, zu jedem Schelmenstück bereit, überströmend von Haß, finster, boshaft und teuflisch. Mit einem anständigen Herrn wäre Bastard vielleicht ein gewöhnlicher, vielleicht besonders leistungsfähiger Schlittenhund geworden. Aber diese Möglichkeit hatte er nicht. Leclère bestärkte ihn nur in seiner Bosheit, die der seinen verwandt war.

Die Geschichte von Bastard und Leclere ist die Geschichte von einem Kriege – der fünf grausame, hartnäckige Jahre dauerte, von denen ihr erstes Zusammentreffen ein treffendes Bild gab. Anfangs war es natürlich Leclères Schuld, denn er haßte mit Klugheit und Ueberlegung, während der langbeinige, plumpe junge Hund nur blindlings und instinktiv ohne Verstand und System haßte. Und in der ersten Zeit gab es auch keine verfeinerte Grausamkeit (die sollte sich erst später entwickeln), sondern einfache Prügeleien und rohe Brutalitäten. Bei einer dieser Gelegenheiten wurde Bastard das Ohr verstümmelt. Er gewann nie wieder die Herrschaft über die zerrissenen Muskeln, und von jetzt an hing das Ohr schlaff herab, als ob es die Erinnerung an den Quälgeist lebendig halten wollte. Und Bastard vergaß ihn auch nie.

Seine Jugend war eine Zeit törichter Aufsässigkeit. Er wurde stets besiegt, fing aber immer wieder an, weil es in seinem Wesen lag, einen Angriff zu erwidern. Und er war nicht klein zu kriegen. Kläffte er auch schrill, wenn er mit einem Stock oder einer Peitsche verprügelt wurde, so gelang es ihm doch, das höhnische Knurren, die bitterrachsüchtige Drohung seiner Seele, auszustoßen, die ihm unweigerlich eine neue Serie von Schlägen und Fußtritten verschaffte. Aber hierin enthüllte sich die Lebenszähigkeit seiner Mutter. Nichts in dieser Welt war imstande, ihn zu besiegen. Er blühte buchstäblich im Elend, wurde fett und rund, wenn er hungerte, und sein furchtbarer Kampf ums Leben erzeugte allmählich eine fast übernatürliche Intelligenz. Er besaß die ganze Tücke und Schlauheit seiner räudigen Mutter und den Grimm und die Kraft des Wolfes, der sein Vater war.

Vielleicht war es auch eine Erbschaft von seinem Vater her, daß er nie bellte. Sein welpenhaftes Gekläff hörte mit seiner Langbeinigkeit auf, und er wurde grimmig und schweigsam, schnell im Kämpfen, langsam im Warnen. Er beantwortete Flüche mit Knurren und Schläge mit Schnappen. Er grinste, während er vor unversöhnlichem Haß glühte. Aber nie mehr, nicht einmal im furchtbarsten Schmerz, gelang es Leclère, ihm einen Schrei der Furcht oder der Qual zu entreißen. Dieser Starrsinn jedoch reizte nur Leclères Zorn und trieb ihn zu noch ärgeren Gemeinheiten.

Wenn Leclère Bastard nur einen halben Fisch, seinen Kameraden aber einen ganzen gab, ging Bastard sofort auf die anderen Hunde los, um ihnen ihre Fische wegzunehmen. Er plünderte auch Depots und verriet seine Natur durch eine Unzahl kleiner Schurkereien, bis er ein Schrecken für alle Hunde und alle Hundebesitzer wurde. Als Leclère Bastard verprügelte und Babette streichelte – Babette, die nicht halb soviel Arbeit leistete wie Bastard – stürzte Bastard sich auf sie, schleuderte sie in den Schnee und zermalmte ihre Hinterpfote zwischen seinen Zähnen, so daß Leclère sich genötigt sah, sie zu erschießen. In ähnlichen blutigen Kämpfen machte sich Bastard zum Herrn aller seiner Kameraden des Gespanns, bestimmte die Gesetze unterwegs und bei der Fütterung und zwang sie, nach den Gesetzen zu leben, die er gab.

In fünf Jahren hörte er nur ein einziges Mal ein freundliches Wort, fühlte er nur einmal ein liebevolles Streichen einer Hand, und dann bekam er keine Gelegenheit mehr, zu erfahren, was das eigentlich für Dinge waren. Er sprang wie das wilde Tier, das er eigentlich war, auf die freundliche Hand los, und seine Kiefer schnappten wie ein Blitz zu. Der Missionar in Sunrise, der erst kürzlich ins Land gekommen war, war es, der ihm dieses freundliche Wort sagte und ihn sanft streichelte. Aber es vergingen mehr als sechs Monate, bevor der Mann imstande war, einen Brief nach seiner Heimat zu schreiben, und der Chirurg in Mc Question wanderte zweihundert Meilen weit über das Eis, um ihn von einer Blutvergiftung zu retten.

Männer und Hunde, alle blickten Bastard schief an, wenn er in ihr Lager oder ihre Stationen kam. Die Männer begrüßten ihn mit drohend zum Tritt erhobenen Füßen, die Hunde mit gesträubtem Nackenhaar und gefletschten Zähnen. Einmal versetzte ein Mann Bastard einen Fußtritt, und mit einem schnellen Wolfsbiß schloß Bastard seine Kiefer wie eine Falle um die Wade des Mannes und durchbiß sie bis zum Knochen. Worauf der Mann den Hund töten wollte. Aber der Schwarze Leclère warf sich mit drohenden Augen und gezücktem Jagdmesser dazwischen. Bastard zu töten – ah, sacredam, das war ein Vergnügen, das Leclère sich selbst vorbehielt. Eines schönen Tages würde es schon geschehen ... oder auch – bald, wer konnte so etwas im voraus wissen? Irgendwie würde das Problem schon seine Lösung finden.

Denn sie waren wirklich Probleme füreinander geworden. Jeder Atemzug, den einer von ihnen tat, war wie eine Herausforderung für den anderen. Ihr Haß verband sie, wie Liebe es nie hätte tun können. Leclère sehnte sich nach dem Tage, da Bastard seinen Mut verlieren, auf dem Bauch kriechen und ihm winselnd zu Füßen liegen sollte. Und Bastard – Leclère wußte genau, welche Gedanken Bastard in dieser Beziehung hegte, und er las sie mehr als einmal in den Augen des Tieres. Und so deutlich hatte er sie dort gelesen, daß er es sich zur

Gewohnheit machte, immer wieder einen Blick über die Schulter zurückzuwerfen, wenn er wußte, daß Bastard hinter ihm ging.

Man wunderte sich oft, daß Leclère hohe Angebote für den Hund ablehnte. »Eines schönen Tages werden Sie ihn doch töten, und dann kriegen Sie gar nichts für ihn«, sagte John Hamlin einmal, als Bastard keuchend in einer Ecke lag, wohin Leclère ihn mit einem Fußtritt geschleudert hatte. Niemand wußte, ob ihm nicht die Rippen gebrochen waren. Und dennoch hatte keiner den Mut, hinzugehen und ihn zu untersuchen.

»Das«, sagte Leclère trocken, »das ist meine Sache, m'sieur.«

Und ebenso sehr wunderte man sich, daß Bastard nie weglief. Das begriffen die Leute einfach nicht. Leclère aber verstand es. Er war ein Mann, der sehr viel im Freien, in der Wildnis lebte, wo keine Menschenstimme zu hören ist, und er hatte die Stimmen des Windes und des Sturmes, das Seufzen der Nacht, das Flüstern der Dämmerung, das Gepränge des Tages kennengelernt. Auf Wegen, wo nichts zu sehen war, konnte er das Wachsen des Grases, das Rieseln der unterirdischen Bäche, das Aufspringen der Knospen hören. Und er verstand die geheimnisvolle Sprache von allem, das sich regt: wenn das Kaninchen leise in der Falle klagte, wenn der mürrische Rabe mit dumpfen Flügelschlägen durch die Luft flog: wenn die weißschimmernde Tücke durch den Mondschein schlich, oder wenn der Wolf, einem grauen Schatten gleich, zwischen Dämmerung und Finsternis dahinglitt. Und zu ihm sprach Bastard offen und klar. Leclère verstand voll und ganz, warum Bastard nicht weglief und warf um so öfter wachsame Blicke über die Schulter zurück.

Im Zorn bot Bastard durchaus keinen schönen Anblick. Mehr als einmal war er nach der Kehle Leclères gesprungen, um wimmernd und halb bewußtlos in den Schnee geschleudert zu werden – und zwar mit dem dicken Ende der stets bereit gehaltenen Hundepeitsche. So lernte Bastard, ruhig zu warten, bis sein Augenblick kam. Als er in seiner vollen Kraft und in seiner besten Jugend war, glaubte er, daß diese Stunde gekommen wäre. Er hatte eine breite Brust und mächtige Muskeln, war bedeutend größer als Hunde im allgemeinen, und sein Hals war vom Kopf bis zu den Schultern wie von einer gesträubten Mähne bedeckt. Er sah vollkommen wie ein reinblütiger Wolf aus. Leclère schlief in seinem Schlafsack, als Bastard glaubte, daß der rechte Augenblick gekommen wäre. Verstohlen kroch er zu ihm hin, den Kopf tief am Boden, das eine bewegliche Ohr zurückgelegt und so leise wie eine Katze. Bastard atmete ganz ruhig, und erst als er dicht bei dem Mann war, wagte er den Kopf zu heben. Einen Augenblick blieb er stehen und blickte die bronzefarbene, stierhafte Kehle an, die nackt und knotig war und sich in ruhigen, tiefen Atemzügen hob und senkte. Der Geifer tropfte bei diesem Anblick an den Zähnen Bastards herab und glitt von der Zunge auf den Boden, und gleichzeitig erinnerte er sich seines herabhängenden Ohrs, der unzähligen Schläge und des unerhörten Unrechts, das ihm angetan worden war. Und ohne einen Laut sprang er auf den schlafenden Mann los.

Leclère wachte auf, als die Zähne sich in seine Kehle bohrten. Und da er ein vollendetes Tier war, erwachte er mit klarem Gehirn und Bewußtsein und war sich der Lage vollkommen bewußt. Er schloß beide Hände um die Kehle des Hundes und wälzte sich aus seinen Pelzdecken heraus, um sein Gewicht nach oben zu bringen. Aber Tausende von Vorvätern Bastards hatten sich in den Kehlen unzähliger Elche und Renntiere verbissen und sie zu Boden gezerrt, und er hatte die Weisheit seiner Vorfahren geerbt. Als Leclère sein ganzes Gewicht auf ihn legte, stemmte er die Vorderlänge nach oben und riß Brust und Bauch des Mannes durch Haut und Muskeln hindurch auf. Und als er merkte, daß der Körper des Mannes, der auf ihm lag, zuckte und sich hob, zerrte er die Kehle, die er zwischen den Zähnen hatte, hin und her. Seine Kameraden vom Gespann schlossen einen knurrenden Kreis um die beiden, und während Bastard seinen Atem schwächer werden und sein Bewußtsein schwinden fühlte, wußte er, daß ihre Mäuler nur nach seinem Fleische gierten. Aber alles das spielte für ihn keine Rolle — es war der Mann, der auf ihm lag, den er vernichten wollte, und er kratzte, riß und zerrte und schüttelte, bis die letzte Unze von Kraft in ihm verbraucht war. Leclère hingegen würgte ihn mit beiden Händen, bis die Brust Bastards keuchte und schmerzte, weil ihm die Luft ausging und seine Augen glasig und starr wurden, seine Kiefer sich langsam lösten und die Zunge blau und geschwollen zum Maul heraushing.

»Nun? Bon, du Teufel!« gurgelte Leclère, dem die Kehle von Haaren und vom eigenen Blut verstopft war, als er den bewußtlosen Hund wegschleuderte.

Und dann verscheuchte er die anderen Hunde, die über Bastard hergefallen waren. Sie zogen sich in einen größeren Kreis zurück, wo sie wachsam und mit gesträubten Haaren niederkauerten und sich die Mäuler leckten.

Bastard erholte sich bald wieder, und kaum hörte er Leclères Stimme, so kam er mühselig und taumelnd auf die Beine.

»Ah, du großer Teufel!« sprudelte Leclère hervor. »Ick werden dir schon kriegen, werden dir tüchtik kriegen, bei Gott!«

Obgleich die Luft seine erschöpfte Lunge noch wie Wein biß, sprang Bastard dem Mann gerade ins Gesicht, aber seine Kiefer griffen fehl und schlugen mit metallischem Klang aufeinander. Dann kollerten beide in den Schnee, während Leclère wie ein Verrückter mit seinen Fäusten draufloshieb. Endlich trennten sie sich, standen Auge in Auge da. Dann begannen sie sich zu umkreisen. Leclère hätte sein Messer ziehen können. Und sein Gewehr lag zu seinen Füßen. Aber das Tier in ihm war erwacht und wütete. Er wollte die Sache mit seinen Händen – oder mit den Zähnen austragen. Bastard sprang wieder an, aber Leclère schlug ihn mit einem Hieb seiner Faust zu Boden, warf sich auf ihn und bohrte seine Zähne bis zum Knochen in die Schulter des Hundes.

Es war die Kampfweise längst vergangener Tage, und der ganze Auftritt war demgemäß – wie man ihn vielleicht in der wilden Jugend unserer Welt gesehen haben mag. Eine offene Lichtung im dunklen Wald, ein Ring von grinsenden Wolfshunden, und in der Mitte zwei Tiere, die in wilder Wut knurrten und nacheinander schnappten, sich im Kampf verschlangen, keuchend, schluchzend, fluchend in unbezähmbarer Leidenschaft, in mörderischer Wut kratzend und zerrend und beißend in elementarer Bestialität.

Aber Leclère traf Bastard mit einem Hieb seiner Faust hinter das Ohr, daß der Hund hinfiel und einen Augenblick betäubt liegenblieb. Dann sprang Leclère mit den Füßen auf ihn hinauf, sprang auf ihm herum und versuchte, ihn auf den Boden zu pressen. Als Leclère endlich eine Pause machte, um Atem zu schöpfen, waren beide Hinterläufe Bastards gebrochen.

»A–ah!« schrie er nur, da die völlige Kraftlosigkeit von Hals und Kehlkopf ihm das Sprechen unmöglich machte. Und er schüttelte seine Faust.

Aber Bastard war unbesiegbar. Er lag als eine hilflose Masse da, zog aber doch die Lippen ein wenig zurück, um das Knurren anzudeuten, das vernehmlich zum Ausdruck zu bringen, er nicht die Kraft hatte. Leclère gab ihm einen Fußtritt, und die erschöpften Kiefer schlossen sich um die Fußgelenke des Mannes, waren aber nicht mehr imstande, die Haut zu durchbeißen.

Da nahm Leclère die Peitsche und begann ihn fast zu Fetzen zu schlagen. Und bei jedem Hieb rief er: »Diesmal ick zermalme dir! Ah, bei Gott, ick zermalme dir!«

Schließlich brach er selbst, erschöpft und vom Blutverlust halb ohnmächtig, zusammen und fiel neben sein Opfer. Und als die Wolfshunde sich näherten, um sich zu rächen, zog er mit dem letzten Rest von Bewußtsein seinen Körper näher an Bastard heran und legte sich über ihn, um ihn vor den Zähnen der Gegner zu schützen.

Das geschah nicht weit von Sunrise, und als der Missionar einige Stunden später seine Tür Leclère öffnete, wunderte er sich, daß Bastard nicht vorgespannt war. Und sein Erstaunen wurde nicht geringer, als Leclère die Persenning vom Schlitten nahm, Bastard in seine Arme hob und mit ihm über die Türschwelle stolperte. Zufällig war der Chirurg von Mc Question, ein halber Vagabund, zu einem Plauderstündchen gekommen, und gemeinsam wollten die beiden darangehen, Leclère zusammenzuflicken.

»Merci non«, sagte Leclère. »Macken Sie erst den Hund in Ordnung. Sterben? Non. Es ist langweilig. Aber seinetwegen müssen ick doch mal kaputt gehen. Aber tun Sie, was Sie können, daß er nickt sterben.«

Der Chirurg nannte es ein Wunder, der Missionar ein Mirakel, daß Leclère trotz allem durchkam. Aber so geschwächt war er, daß das Fieber ihn im Frühling packte und er sich wieder auf den Rücken legen mußte. Bastards Zustand war noch schlimmer gewesen, aber seine Zähigkeit überwand alles, die Knochen seiner Hinterläufe wuchsen wieder zusammen, und seine Organe heilten von selbst, aber er war ebenfalls wochenlang an das Lager gefesselt. Und als Leclère, der sich endlich auf dem Wege der Besserung befand, vor der Tür der Hütte sitzen und die Sonne genießen konnte, hatte Bastard sich schon seine Machtstellung unter seinen Artgenossen zurückerobert und nicht allein seine Schlittenkameraden, sondern auch die Hunde des Missionars unterjocht.

Er rührte weder eine Muskel, noch sträubte sich ihm ein einziges Haar, als Leclère zum erstenmal am Arm des Missionars herausgewankt kam und langsam mit unendlicher Vorsicht auf den dreibeinigen Stuhl sank.

»Bon«, sagte Leclère. »Bon! Die gute Sonne!« Und er streckte seine ausgezehrten Hände aus und ließ sie von der Sonne bescheinen.

Dann fiel sein Blick auf den Hund, und das alte Licht flammte wieder in seinen Augen auf. Er legte die Hand leicht auf den Arm des Missionars. »Mon père«, sagte er. »Er sei ein böser Teufel, dies Bastard. Gebben Sie mir bitte, ein Revolver, daß ick die Sonne in Ruhe genießen kann.«

Seitdem saß er viele Tage vor der Tür in der Sonne. Er schlief nie, und der Revolver lag immer in seinem Schoß. Bastard hatte eine merkwürdige Art, jeden Tag als erstes nachzusehen, ob die Waffe da war. Sobald er sie sah, hob er die Lippe ein wenig zum Zeichen, daß er verstünde, und Leclère hob die seine grinsend zur Antwort. Eines Tages bemerkte der Missionar diesen Auftritt.

»Gott erbarme sich!« sagte er. »Ich glaube tatsächlich, daß die Bestie es versteht.«

Leclère lachte leise. »Sehen Sie nur, mon père. Wenn ick jetzt sprecken, lauscht er schon.«

Und wie zur Bestätigung spitzte Bastard ganz deutlich das eine Ohr, um den Klang besser aufnehmen zu können.

»Ick sagen ›töten‹«.

Bastard knurrte tief in der Kehle. Das Haar auf dem Rücken sträubte sich ihm, und jede Muskel spannte sich in Erwartung.

»Ich hebe den Revolver ...« Und er ließ den Worten die Tat folgen und zielte mit dem Revolver auf Bastard.

Mit einem einzigen Satz war Bastard um die Ecke der Hütte verschwunden.

»Gott sei mir gnädig«, wiederholte der Missionar mehrmals.

Leclère grinste stolz.

»Aber warum läuft er nicht fort?«

Der Franzose zuckte die Achseln, wie Männer seiner Rasse zu tun pflegen, mit einer Bewegung, die alles von völliger Unwissenheit bis zu unendlichem Verständnis bedeuten kann.

»Warum töten Sie ihn nicht?«

»Mon père«, sagte er nach einer Pause. »Noch sein die Zeit dazu nix gekommen. Er sei ganz großer Teufel. Einmal ick werde ihn zermalmen, so oder so, in ganz kleine Stücke. Nickt wahr? In ganz kleine Fetzen. Bon!«

Dann kam endlich der Tag, an dem Leclère seine Hunde wieder zusammenrief, in einem Stakboot nach Forty Miles und von dort weiter nach Porcupine fuhr, wo er einen Auftrag von der P. C. Company erhielt. Hierauf begab er sich für den guten Teil des Jahres auf eine Forschungsreise. Als der Auftrag erledigt war, fuhr er den Koyokuk bis zur verlassenen Arctic City hinauf, kam dann, mit der Strömung treibend, zurück und fuhr von Lager zu Lager den Yukon hinab. Und während dieser langen Monate erhielt Bastard manch gute Lektion. Er lernte viele Arten von Marter kennen, namentlich die Marter des Hungers, die Marter des Durstes, die Marter des Feuers und, die schlimmste von allen: die Marter der Musik.

Wie die meisten seiner Art liebte er die Musik nicht. Sie verursachte ihm ausgesprochene Qualen, folterte ihn Nerv für Nerv und zerriß jede Fiber seines Wesens Stück für Stück. Sie brachte ihn zum Heulen, und er heulte in langgezogenen Tönen wie ein Wolf – genau wie die Wölfe es beim Sternenschein der Frostnächte zu tun pflegen. Er konnte das Heulen nicht lassen. Hier lag seine einzige Schwäche in seinem Kampf mit Leclère, und er schämte sich auch darüber. Nun liebte Leclère seinetwillen die Musik leidenschaftlich, ebenso leidenschaftlich wie starke Getränke. Und wenn seine Seele sich danach sehnte, sich Ausdruck zu verleihen, äußerte sich das stets entweder in der einen oder der andern dieser beiden Ausdrucksformen und meistens in beiden zusammen. Und wenn er getrunken hatte, sein Gehirn von ungesungenen Liedern überströmte und der Teufel in ihm ungezügelt seinen Kopf erhob, dann fand seine Seele ihren tiefsten Ausdruck darin, daß er Bastard quälte.

»Jetzt wollen wir macken ein bißchen Musik«, konnte er zum Beispiel sagen. »Nickt wahr? Wie denken du darüber, mein lieber Bastard?«

Er hatte nur ein altes, verbrauchtes Schifferklavier, das er so sorgsam wie einen goldenen Schatz behandelte und immer wieder geduldig reparierte. Aber es war für ihn das Beste, was man für Geld kaufen kann, und den silbernen Röhren dieses Instruments entlockte er zauberhafte Vagantenlieder, die man nie zuvor gehört hatte. Dann zog Bastard sich immer, ohne einen Ton von sich zu geben, mit fest zusammengebissenen Zähnen Zoll für Zoll rücklings in die entfernteste Ecke der Hütte zurück. Und während Leclère spielte und spielte, folgte er dem Tier, einen dicken Stock unter dem Arm, Zoll für Zoll, Schritt für Schritt, bis es sich nicht weiter zurückziehen konnte.

Zuerst versuchte Bastard sich dann auf den denkbar kleinsten Raum zusammenzupressen und kroch so nahe wie möglich an die Tür heran. Wenn die Musik aber immer näher kam, wurde er gezwungen, sich zu empören. Dann drückte er seinen Hinterkörper gegen die Balken der Wand, während seine Vorderbeine in der Luft herumfochten, als ob sie die krausen Wellen der Musik vertreiben wollten. Er biß immer noch die Zähne zusammen, aber gewisse Muskelzuckungen liefen schon durch seinen Körper, seltsame Stöße und Konvulsionen durchzitterten ihn, bis das ganze Tier bebte und sich in stummen Qualen krümmte. Wenn es dann die Herrschaft über seine Nerven verlor, öffneten sich die Kiefer plötzlich wie in einem Krampf, und tiefe Vibrationen der Stimmbänder entströmten der Kehle, jedoch zu tief, um vom menschlichen Ohr erfaßt zu werden. Und dann entstand zum Schluß das langgezogene Wolfsgeheul, während die Nüstern sich weiteten, die Augen sich aufsperrten und die Haare sich in hilfloser Raserei sträubten. Der Ton sprang mit einem plötzlichen Ruck nach oben heraus, schwoll dann zu einer mächtigen, herzzerbrechenden Woge und klang endlich in einen schmerzlichen Akkord voller Weh aus ... dann kam wieder ein Ruck nach oben, und so ging es Oktave für Oktave weiter: das berstende Herz des Tieres! Und der unsagbare Schmerz und das Elend! Erblassend, verwelkend, verschwindend, und schließlich langsam verklingend.

Es war reif für die Hölle. Und Leclère, der mit seinem aus Haß geborenen Wissen jeden einzelnen Nerv, jede Herzfiber zu erraten schien, brachte es durch lange Klagetöne und zitternde, schluchzende Mollakkorde so weit, daß der Hund seinen letzten, innersten Kummer preisgab. Es war furchtbar, und die ersten vierundzwanzig Stunden danach war Bastard nervös und unruhig, zuckte bei jedem Geräusch zusammen, fürchtete sich vor seinem eigenen Schatten, blieb aber trotz allem gleich mürrisch und tyrannisch gegen seine Kameraden. Es gab auch nicht das geringste Anzeichen, daß sein Geist gebrochen war. Eher konnte man sagen, daß er immer grimmiger und schweigsamer wurde und mit unerschütterlicher Geduld seine Stunde abwartete, und diese Geduld begann tatsächlich Leclère allmählich selbst zu verwirren und zu bedrücken. Der Hund konnte stundenlang regungslos im Schein des Lagerfeuers liegen, und Leclère nur starr anblicken. Und in den bösen Augen stand der Haß geschrieben.

Oft empfand der Mann selbst, daß er sich gegen das tiefste Wesen des Lebens versündigt hatte – gegen dieses Unbesiegbare, das den Habicht wie einen federnden Donnerkeil aus dem Himmel herabsausen, die große graue Wildgans durch die Zonen fließen, den Lachs zur Laichzeit den schäumenden Yukon zweitausend Meilen hinaufwandern läßt. In solchen Augenblicken fühlte er indessen den Drang, sein eigenes unbesiegbares Wesen zu äußern. Und unter wildem Saufen und verrückter Musik und in Gesellschaft Bastards gab er sich grenzenlosen Orgien hin, bei denen er seine unmaßgebliche geringe Kraft dem Gesicht der Dinge entgegenstellte und alles, was gewesen, was ist und was einst kommen wird, herausforderte.

»Es ist da etwas«, bestätigte er, wenn die rhythmischen Einfälle seines Gehirns die geheimen Seiten in der Seele Bastards berührten und das lange düstere Geheul auslösten. »Ick werden es mit meine beiden Händen herauskriegen, so und so! Ha ha, es ist lächerlich! Es ist ein Mordspaß! Der Priester singt, die Frauen beten, die Männer fluchen, die kleinen Vögel sagen ›pip-pip‹ und du, Bastard, sagst, ›ja-jau‹ ... und alles sein immer nur dasselbe!«

Vater Gautier, ein sehr würdiger Priester, mahnte ihn einmal an das ewige Verderben. Er tat es nie wieder.

»Mag alles sein, wie Sie sagen, mon père«, erwiderte er. »Nun und ick denken, daß ick schnappend und knurrend durch die Hölle gehen werde, wie der Schierling durchs Feuer. Was meinen Sie, mon père?«

Aber alles Böse hat ebensogut ein Ende wie das, was man gut nennt, und so erging es auch dem Schwarzen Leclère. Als das Wasser im Flusse niedrig stand, hatte er Mc Dougall in einem Stakboot verlassen, um nach Sunrise zu gehen. Von Mc Dougall ab wurde er von Timothy Brown begleitet und kam dennoch allein in Sunrise an. Es war ferner bekannt geworden, daß sie unmittelbar vor dem Aufbruch einen Streit gehabt hatten, denn die »Lizzie«, ein asthmatischer Zehn-Tonnen-Dampfer mit einem Heckrad, der vierundzwanzig Stunden später abgefahren war, hatte Leclère nach drei Tagen überholt. Und als er an Bord ging, hatte er ein sauber gemachtes Loch von einer Kugel in der Schulter und berichtete eine märchenhafte Geschichte von Buschräubern und Mördern.

In Sunrise war ein großer Goldfund gemacht worden, und alle Verhältnisse hatten sich dadurch bedeutend geändert. Als einige hundert Goldsucher, eine ganze Menge Whisky und ein halbes Dutzend gut ausgestattete Spieler ihren Einzug hielten, erkannte der Missionar, daß seine jahrelangen Bemühungen um die Indianer umsonst gewesen waren. Als die Indianerfrauen für unverheiratete Goldsucher Bohnen kochen und Feuer machen mußten und die Männer ihre warmen Pelze gegen schwarze Flaschen und schlecht gehende Uhren vertauschten, legte er sich ins Bett, sagte mehrmals: »Gott erbarme sich!« und fuhr in einer roh gehobelten langen Kiste zu seiner letzten Abrechnung. Darauf verlegten die Spieler ihre Rouletten und Pharaotische in das Missionshaus, und man hörte vom Morgen bis zum Abend und weiter bis zum nächsten Morgen ununterbrochen das Klappern der Chips und das Klirren der Gläser.

Nun war Timothy Brown unter diesen Abenteurern des Nordens außerordentlich beliebt. Das Einzige, was man gegen ihn einzuwenden hatte, war sein rasches Temperament und seine immer bereite Faust – Bagatellen, die sein freundliches Herz und seine barmherzige Hand dreifach aufwogen. Andererseits gab es nichts, was dem Schwarzen Leclère zur Entschuldigung dienen konnte. Er war »schwarz«, wovon mehr als eine Tat zeugte, deren man sich entsann, und er war ebenso verhaßt, wie der andere beliebt. Deshalb legten ihm die Männer von Sunrise einen antiseptischen Verband um die Schulter und zerrten ihn vor Richter Lynch.

Es war eine ganz einfache Geschichte. Er hatte in Mc Dougall einen Streit mit Timothy Brown gehabt, und dann hatten beide zusammen Mc Dougall verlassen. Leclère war ohne Timothy Brown in Sunrise gelandet. Da man seine allgemein bekannte Bosheit in Betracht zog, wurde einstimmig entschieden, daß er Timothy Brown getötet hätte. Andererseits erkannte Leclère zwar die Tatsachen als solche an, wehrte sich aber gegen die Schlußfolgerung und gab seine eigene Erklärung. Zwanzig Meilen hinter Sunrise stakten er und Timothy Brown das Boot an der felsigen Küste entlang. Da fielen vom Ufer zwei Schüsse. Timothy Brown stürzte aus dem Boot, ertrank und hinterließ nichts als ein paar rote Blasen im Wasser. Er, Leclère, hatte sich mit der schmerzenden Schulter auf den Boden des Bootes geworfen. Er lag ganz ruhig und sah nach der Küste. Nach einiger Zeit hatten zwei Indianer die Köpfe aus dem Gebüsch gesteckt und waren zum Ufer hinabgegangen. Zwischen sich trugen sie ein Kanu. Als sie es ins Wasser gesetzt hatten, feuerte er. Er traf den einen, der zum Boot herausfiel, genau wie Timothy Brown es getan hatte. Der andere warf sich auf den Boden des Kanus, und dann glitten Stakboot und Kanu nach der Strömung den Fluß hinab, als ob sie eine Regatta abhielten. Hierauf kamen sie an eine Stelle, wo der Fluß sich gabelte, und nun lief das Kanu an der einen Seite einer Insel, das Stakboot an der anderen entlang. Das war das Letzte, was er vom Kanu gesehen hatte. Er war dann in Sunrise angekommen. Ja, nach der Art, wie der Indianer in dem Kanu hochsprang, war er überzeugt, daß er ihn getroffen hatte. Das war alles.

Diese Erklärung wurde als unbefriedigend angesehen. Sie gaben ihm eine Gnadenfrist von zehn Stunden, während die »Lizzie« hindampfte, um den Tatort zu besichtigen. Zehn Stunden später kam sie nach Sunrise zurück. Man hatte nichts gefunden, das seine Darstellung hätte erhärten können. Sie sagten ihm, daß er sein Testament machen sollte, denn er besaß einen Minenanteil in Höhe von fünfzigtausend Dollar in Sunrise. Und sie waren Menschen, die nicht nur Gesetze gaben, sondern sie auch befolgten.

Leclère zuckte die Achseln. »Nur ein ...« sagte er, »ein ganz kleine, was ihr Gunst nennt. Ick geben meine fünfzigtausend Dollar der Kirche. Ick geben meinen räudigen Hund dem Teufel. Diese kleine Gunst? Erst hängt ihr ihn, und dann hängt ihr mick. Ist es so gut?«

Das sei ausgezeichnet, räumten sie ein und bewilligten, daß der Höllensprößling seinem Herrn das Weggeleit über die letzte Wasserscheide gäbe. Der Gerichtshof wurde nach dem Ufer verlegt, wo ein großer Fichtenbaum ganz allein stand. Slackwater Charley machte ans Ende einer Leine einen Henkerstich, die Schlinge wurde Leclère über den Kopf gelegt und um seinen Hals straffgezogen. Die Hände wurden ihm auf dem Rücken zusammengebunden, und dann half man ihm, auf eine Zwiebackkiste zu steigen. Hierauf wurde das freie Ende des Stricks um einen Ast über seinem Kopfe geworfen, angezogen und festgemacht. Nahm man nun die Kiste unter seinen Füßen weg, so tanzte er in der Luft.

»Und jetzt der Hund«, sagte Webster Shaw, der früher Mineningenieur gewesen war. »Du wirst ihn binden müssen, Slackwater.«

Leclère grinste. Slackwater nahm sich einen Bissen Kautabak, dann machte er eine Schlinge bereit und nahm ruhig einige Schläge von dem Strick in die eine Hand. Ein- oder zweimal blieb er stehen, um besonders zudringliche Moskitos mit der Hand vom Gesicht abzuwischen. Alle Anwesenden hatten überhaupt genug damit zu tun, die Moskitos zu vertreiben, außer Leclère, über dessen Kopf ein ganz kleines Wölkchen zu sehen war. Selbst Bastard, der ausgestreckt am Boden lag, rieb sich mit den Vorderpfoten die Quälgeister von Augen und Maul weg.

Während Slackwater jedoch wartete, daß Bastard seinen Kopf heben sollte, hörte man einen leisen Ruf durch die stille Luft und sah gleichzeitig einen Mann, der die Arme schwenkte und quer über die Watten von Sunrise gelaufen kam.

»Nehmt es zurück, Kameraden!« stöhnte der Mann, als er sie erreicht hatte.

»Der kleine Sandy und Bernadotte sind eben gekommen. Sie sind dort unten gelandet und den kürzeren Weg gegangen. Sie haben den Biber mitgebracht. Haben ihn in seinem Kanu gefunden, das in einer Nebenrinne gekentert war. Er hatte ein paar Löcher im Leib. Der andere Bursche war Klok Kutz, der seine Squaw totgeschlagen und sich dann dünne gemacht hat.«

»Na? Was haben ick gesagt, ja?« rief Leclère triumphierend. »Daß ick Recht hatte? Ah, ick wissen schon Bescheid. Ick sprecken die Wahrheit.«

»Man muß endlich mal den verdammten Siwaschs eine gehörige Lehre erteilen«, sagte Webster Shaw. »Sie werden fett und unverschämt, und wir müssen sie ein bißchen kleinmachen. Ruft mal alle männlichen Indianer zusammen und hängt den Biber auf, um ein Exempel zu statuieren. Das machen wir! Kommt mit und laßt uns sehen, was er zu seiner Entschuldigung zu sagen hat.«

»Halloh, m'sieur!« rief Leclère, als der Schwarm in die Richtung nach Sunrise durch die Dämmerung zu verschwinden begann. »Ick möchten auch sehr gern den Spaß mitansehen.«

»Na, wenn wir wiederkommen, werden wir dich freilassen«, rief Webster ihm über die Schulter zu. »Unterdessen kannst du ja mal ein bißchen über deine Sünden und die Wege der Vorsehung nachdenken. Es wird dir gut tun, ein bißchen Dankbarkeit zu lernen.«

Wie es immer Männern geht, die große Gefahren gewohnt und deren Nerven gesund und ausdauernd sind, so ging es auch Leclère. Er bereitete sich auf langes Warten – das heißt: er bereitete sich im Geiste vor, denn mit seinem Körper konnte er nichts anfangen, da der Strick ihn zwang, aufrecht zu stehen. Die kleinste Entspannung der Beinmuskeln preßte die aus rauhen Fibern gemachte Schlinge um seinen Hals zusammen, während die aufrechte Haltung ihm arge Schmerzen in der verwundeten Schulter verursachte. Er streckte die Unterlippe etwas vor und ließ seinen Atem über das Gesicht entlang nach oben wehen, um die Moskitos auf diese Weise von seinen Augen zu verscheuchen. Aber die unangenehme Lage hatte auch ihre angenehmere Seite, die die Unbequemlichkeit wettmachte. So plötzlich dem Griff des Todes entzogen zu werden, konnte schon mit einigen Unannehmlichkeiten bezahlt werden, nur war es verflucht ärgerlich, daß er das Aufknüpfen des Bibers nicht miterleben sollte.

Und so dachte er gutgelaunt über seine Lage nach, bis sein Blick zufällig auf Bastard fiel, der, den Kopf zwischen den Vorderpfoten, dalag und schlief. Und da war es auf einmal mit der guten Laune Leclères vorbei. Er beobachtete das Tier genau und versuchte zu ergründen, ob es wirklich schlief oder nur so tat. Bastards Flanken hoben und senkten sich regelmäßig, aber Leclère fand, daß der Atem ein klein wenig zu schnell ging. Außerdem hatte er den Eindruck, daß jedes Haar auf dem Posten war und den schlaffen Schlaf Lügen strafte.

Er hätte seinen Anteil an der Sunrisemine gegeben, um zu erfahren, ob der Hund wirklich schlief oder nicht. Als seine Gelenke einmal knackten, warf er einen schnellen und ängstlichen Blick auf Bastard, um zu sehen, ob er sich bewegt hätte. In diesem Augenblick bewegte er sich freilich nicht, aber einige Minuten später erhob er sich langsam und faul, reckte sich und blickte sich vorsichtig um.

»Sacredam«, murmelte Leclère in den Bart.

Nachdem Bastard sich vergewissert hatte, daß niemand in der Nähe war, setzte er sich ruhig hin. hob die Oberlippe zu einem Grinsen, warf Leclère einen Blick zu und leckte sich das Maul.

»Jetzt sehe ich mein Ende vor mir«, sagte der Mann und lachte laut und bitter.

Bastard kam jetzt näher, das verstümmelte Ohr baumelte, das gesunde war wie in teuflischem Verstehen der Worte gespitzt. Er legte den Kopf gutgelaunt auf die Seite und bewegte sich mit gezierten und tänzelnden Schritten. Er rieb seinen Körper freundlich gegen die Kiste, immer wieder, so daß sie ins Schwanken kam. Leclère bemühte sich, sein Gleichgewicht zu bewahren.

»Bastard«, sagte er ruhig. »Paß auf. Ick töten dir.«

Bastard knurrte, als er das Wort hörte und rüttelte noch kräftiger an der Kiste. Dann stellte er sich auf die Hinterläufe und warf mit den Vorderpfoten sein ganzes Gewicht gegen den Oberteil der Kiste. Leclère versuchte ihm mit dem einen Fuß einen Tritt zu geben, aber das schmerzte an seinem Hals und gab ihm einen Ruck, daß er beinahe das Gleichgewicht verloren hätte.

»Heha! Geh! Marsch!« rief er.

Bastard zog sich etwa zwanzig Fuß weit zurück. In seinem Gebaren lag eine feindliche Gleichgültigkeit, die Leclère nicht mißverstehen konnte. Er erinnerte sich, daß der Hund oft die Eiskruste auf einem Wasserloch zerbrochen hatte, indem er hochsprang und sich mit seinem ganzen Gewicht auf das Eis fallen ließ. Und als er hieran dachte, verstand er auch, was das Tier vorhatte. Bastard drehte sich um und blieb einen Augenblick stehen. Er bleckte seine weißen Zähne zu einem bösen

Grinsen, das Leclère beantwortete. Und dann sauste der Körper des Hundes mit voller Kraft durch die Luft auf die Kiste zu.

Als Slackwater Charley und Webster Shaw eine Viertelstunde später zurückkehrten, sahen sie ein unheimliches Pendel, das in der unsicheren Beleuchtung hin und her schwang. Als sie schnell näher liefen, stellten sie fest, daß es der tote Körper eines Mannes und ein lebendes Wesen waren, das sich an die Leiche festkrallte und daran stieß und zerrte, so daß beide hin- und hergeschleudert wurden.

»He! Weg da, du Höllensproß!« brüllte Webster Shaw.

Aber Bastard warf ihm nur einen Blick zu und knurrte drohend, ohne seine Kiefer zu lockern.

Slackwater Charley zog seinen Revolver, aber seine Hand zitterte, als ob ihn fror, und er kam mit der Waffe nicht zurecht.

»Nimm du sie«, sagte er und reichte sie dem andern.

Webster Shaw lachte kurz auf, zielte zwischen die glühenden Augen und drückte ab. Bastards Körper zuckte, als er getroffen wurde, dann peitschte er einen Augenblick im Todeskampf mit der Rute den Boden und erschlaffte plötzlich. Aber seine Zähne hielten ihre Beute immer noch.

Negore, der Feigling

Elf Tage lang war er der Fährte seines fliehenden Volkes gefolgt, und diese Verfolgung war selbst nichts anderes als eine Flucht gewesen. Denn hinter ihm kamen – das wußte er mit Sicherheit – die gefürchteten Russen. Sie schleppten sich mühselig durch das sumpfige Tiefland und über die schroffen Wasserscheiden und wurden nur von einem Gedanken geleitet: sein ganzes Volk zu vernichten. Er führte nur eine ganz leichte Ausrüstung mit sich. Ein Schlafsack aus Kaninchenfell, ein Vorderlader und einige Pfund an der Sonne gedörrter Lachs machten sein ganzes Gepäck aus. Er würde sich über die Schnelligkeit gewundert haben, mit der ein ganzer Stamm – mit Frauen und Kindern und Greisen – wanderte, hätte er nicht gewußt, daß es der Schrecken war, der sie vorwärts trieb.

Es war in den alten Tagen, als Alaska noch russisch war. Das 19. Jahrhundert hatte erst seine erste Hälfte zurückgelegt, als Negore dem fliehenden Stamme folgte. In einer Sommernacht holte er ihn bei den Quellen des Peelats ein. Obgleich es beinahe Mitternacht war, schien es doch noch heller Tag, als er durch das Lager ging. Viele bemerkten ihn. Alle kannten ihn. Und dennoch wurde er nur von wenigen begrüßt. Und ihr Gruß war kalt.

»Negore – der Feigling«, hörte er Illila, eine junge Frau, lächelnd rufen. Und Sunnee, die Tochter seiner Schwester, lachte mit.

Bitterer Zorn fraß an seinem Herzen. Aber er ließ es sich nicht merken, sondern bahnte sich seinen Weg durch das Lager und zwischen den Feuern hindurch, bis er eine Stelle erreichte, wo ein alter Mann saß. Eine junge Frau knetete dem Greis mit gewandten Fingern die müden Beinmuskeln. Der hob seine blinden Augen und lauschte scharf, als Negores Fuß einen trockenen Zweig zerbrach.

»Wer kommt?« fragte er mit dünner, zitternder Stimme.

»Negore«, sagte die junge Frau und sah kaum von ihrer Arbeit auf.

Negores Gesicht zeigte keinen Ausdruck. Mehrere Minuten blieb er stehen und wartete. Das Kinn des alten Mannes war wieder auf die Brust gesunken. Die junge Frau drückte und rieb die erschöpften Muskeln. Sie lag auf den Knien. Das gesenkte Haupt war von der schwarzen Fülle ihres Haares wie durch eine Wolke verhüllt. Negore betrachtete ihren schlanken Körper, der sich schmiegsam in den Hüften bog, wie der Körper eines Luchses sich biegen mag. Sie war geschmeidig wie ein junger Weidenzweig. Und dabei doch kräftig, wie nur die Jugend es ist. Negore starrte sie an und war sich einer heißen Sehnsucht bewußt, die mit dem Gefühl körperlichen Hungers verwandt war. Schließlich sagte er:

»Hast du keinen Gruß für Negore, der weit gewandert und erst jetzt zurückgekommen ist?«

Sie blickte mit kalten Augen zu ihm auf. Der alte Mann kicherte vor sich hin, wie alte Männer tun.

»Du bist meine Frau, Oona«, sagte Negore. Sein Ton war gebieterisch und enthielt die leise Andeutung einer Drohung.

Geschmeidig wie eine Katze schnellte sie auf und stand in ihrer ganzen Größe vor ihm. Ihre Augen funkelten. Ihre Nasenflügel bebten wie die Nüstern eines Hirsches.

»Ich sollte deine Frau werden, Negore«, sagte sie. »Aber du warst ein Feigling. Die Tochter des alten Kinoos heiratet keinen Feigling.«

Als er sprechen wollte, brachte sie ihn mit einer herrischen Bewegung zum Schweigen.

»Kinoos und ich kamen aus einem fremden Lande zu euerm Volke. Dein Volk nahm uns an seinem Feuer auf und gab uns Wärme. Es fragte weder woher, noch warum wir auf der Wanderung waren. Es glaubte, Kinoos hätte sein Augenlicht schon lange verloren. Und weder er noch ich, seine Tochter, haben etwas anderes gesagt. Kinoos ist ein tapferer Mann, aber er war nie ein Prahlhans. Und wenn ich dir jetzt erzähle, wie er blind wurde, so wirst du ohne Zweifel verstehen können, warum die Tochter Kinoos nicht die Kinder eines Feiglings gebären will, wie du es bist, Negore.«

Wieder verhinderte sie, daß er zu sprechen begann.

»Du mußt wissen, Negore, daß du, selbst wenn du Tagereise zu Tagereise legen könntest, die du in diesem Lande gemacht hast, nicht das unbekannte Sitka am großen Salzmeer erreichen würdest. Dort gibt es sehr viele russische Männer, und ihre Herrschaft ist sehr hart. Und von Sitka ist der alte Kinoos, der in jenen Tagen noch ein junger Kinoos war, mit mir geflüchtet. Ich war damals erst ein kleines Kind, das er in seinen Armen trug. Er flüchtete über die Inseln, die mitten im Meere liegen. Die Leiche meiner Mutter erzählt von dem Unrecht, das er erduldete. Und die Leiche eines Russen, dem ein Speer durch Brust und Rücken ging, berichtet von Kinoos Rache.

Aber wohin wir auch flohen, überall fanden wir das verhaßte russische Volk. Kinoos kannte keine Furcht, aber ihr Anblick peinigte ihn. Deshalb flohen wir immer weiter, durch die Meere, durch die Jahre, bis wir das große Nebelmeer erreichten, Negore. Du hast von ihm gehört, wenn du es auch nie gesehen hast. Wir haben unter vielen Völkern gelebt und ich wuchs zur Frau heran. Aber Kinoos wollte keine andere Frau, als er älter wurde. Und ich nahm keinen Mann.

Zuletzt kamen wir nach Pastolik, das dort liegt, wo der Yukon sich in das große Nebelmeer ergießt. Hier lebten wir lange am Rande des Meeres unter einem Volke, das die Russen haßte. Aber zuweilen kamen sie doch, diese Russen. Sie kamen in großen Schiffen, und das Volk von Pastolik mußte ihnen den Weg über die unzähligen Inseln des vielmündigen Yukon zeigen. Und zuweilen geschah es, daß die Männer, die sie mitnahmen, daß sie ihnen den Weg zeigten, nie mehr zurückkehrten. Schließlich wurde das Volk zornig und schmiedete einen großen Plan.

Als bald darauf ein mächtiges Schiff kam, trat der alte Kinoos deshalb einige Schritte vor und sagte den Russen, daß er ihnen den Weg zeigen wolle. Er war damals schon ein alter Mann und sein Haar war weiß. Sein Herz aber kannte keine Furcht. Er war indes ein Mann, der vieles verstand. Deshalb führte er das Schiff dorthin, wo das Meer nach dem Lande strebt und die weißen Wogen gegen ein Gebirge toben, das den Namen Romanoff trägt. Und das Meer sog das Schiff hinein, wo die weißen Wogen branden, und es geriet auf die Klippen und zerschellte. Dann kam das ganze Volk von Pastolik – denn so war es geplant. Sie kamen mit ihren Speeren und Bogen und einigen Gewehren. Aber vorher hatten die Russen dem alten Kinoos die Augen ausgestochen, damit er niemand mehr den Weg zeige. Dann kämpften sie – dort, wo die weißen Wogen branden – mit dem Volke von Pastolik.

Der Häuptling der Russen aber war Iwan. Er war es gewesen, der mit seinen beiden Daumen dem Kinoos die Augen ausdrückte. Er war es, der sich den Weg durch das weiße Wasser erkämpfte – gemeinsam mit den beiden Männern, die sonst allein von allen Russen übrigblieben. Und er zog an der Küste des Großen Nebelmeeres nach Norden. Kinoos war weise. Er konnte nicht mehr sehen und war hilflos wie ein Kind. Deshalb floh er vom Meere den großen, fremden Yukon entlang nach Nulato. Und ich floh mit ihm.

Dies war die Tat meines Vater Kinoos, eines alten Mannes. Aber was tat der junge Mann Negore?«

Wieder brachte sie ihn durch eine Bewegung zum Schweigen. Dann sprach sie weiter:

»Mit meinen eigenen Augen sah ich – in Nulato, vor den Toren des großen Forts, und es ist nur wenige Tage her – wie der Russe Iwan, der meinem Vater die Augen stahl, den Riemen seiner Hundepeitsche auf dich legte und dich wie einen Hund prügelte. Das sah ich, und ich erkannte, daß du ein Feigling bist. Aber in der Nacht, da dein ganzes Volk – ja, selbst die Knaben, die noch keine Jäger sind – die Russen überfiel und sie schlug, da sah ich dich nicht.«

»Aber Iwan schlugen sie nicht«, sagte Negore ruhig. »Eben jetzt ist er euch auf den Fersen, und mit ihm kommen viele Russen vom Meere.«

Oona gab sich keine Mühe, ihre Ueberraschung und ihren Schmerz, daß Iwan nicht getötet worden war, zu verbergen. Sie fuhr fort:

»Am Tage sah ich einen Feigling. In der Nacht aber, als alle Männer, selbst die Knaben, die noch keine Jäger sind, kämpften, sah ich dich nicht. Und ich weiß jetzt, daß du ein zweifacher Feigling bist.«

»Hast du zu Ende gesprochen? Ganz zu Ende?« fragte Negore.

Sie nickte und sah ihn von der Seite an, als wunderte sie sich, daß er überhaupt zu reden wagte.

»Dann wisse, daß Negore kein Feigling ist«, sagte er. Und seine Stimme war ganz ruhig und sehr leise. »Wisse, daß ich, als ich noch ein Knabe war, ganz allein dorthin wanderte, wo der Yukon sich in das große Nebelmeer ergießt. Selbst nach Pastolik bin ich gewandert und noch weiter nach dem Norden, am Rande des Meeres entlang. Das tat ich, als ich noch ein Knabe war, und wahrlich, ich war kein Feigling. Ich war auch nicht feige, als ich – ein junger Mann und ganz allein – den Yukon weiter hinauf zog, als je ein anderer getan. So weit, bis ich ein fremdes Volk erreichte, das in einem großen Fort lebt und eine ganz andere Sprache spricht als die der Russen. Ich habe auch den großen Bären im Tananaland getötet, wo keiner von meinem eigenen Volke je gewesen ist. Und ich habe mit den Nukluyets und den Kaltags und den Sticks in fernen Gegenden gekämpft ... ich ganz allein. Von diesen Dingen weiß mein Volk nichts, und deshalb erzähle ich sie dir selbst. Aber laß mein Volk von den Taten erzählen, die es kennt. Es wird nicht sagen, daß Negore ein Feigling ist.«

Er schwieg stolz, und stolz wartete er.

»Dies mag alles geschehen sein, bevor ich in das Land kam«, sagte sie, »und ich weiß nichts davon. Ich weiß nur, was ich selbst erlebt habe, und ich sah, daß du wie ein Hund gepeitscht wurdest. Und als es Nacht geworden war und das große Fort in roten Flammen stand und die Männer töteten und getötet wurden, da sah ich dich nirgends. Deshalb nennt auch dein Volk dich den Feigling Negore.«

»Es ist kein guter Name«, kicherte der alte Kinoos.

»Das verstehst du nicht, Kinoos«, sagte Negore höflich. »Aber ich werde es dir erklären. Du mußt wissen, daß ich mit Kamo-tah, dem Sohn meiner Mutter, auf die Bärenjagd gegangen war. Und Kamo-tah kämpfte mit einem großen Bären. Drei Tage hatten wir nichts zu essen gehabt, und Kamo-tahs Arm war nicht mehr kräftig, sein Fuß nicht mehr schnell genug. Und der große Bär nahm ihn in seine Arme und zerquetschte ihn, bis seine Knochen wie trockene Aeste krachten. So fand ich ihn, wie er krank und klagend auf dem Boden lag. Und es war nichts zu essen da, und ich konnte auch nichts töten, um es dem Kranken zu essen zu geben.

Deshalb sagte ich zu ihm: ›Ich will nach Nulato gehen und dir Lebensmittel bringen. Und ich werde auch starke Männer holen, die dich nach dem Lager tragen können.‹ Und Kamo-tah sagte: ›Geh nach Nulato und hole Lebensmittel, aber sage keinem, was mir geschehen ist. Und wenn ich gegessen habe und wieder gesund und stark geworden bin, will ich diesen Bären töten. Dann will ich mit Ehren nach Nulato zurückkehren und keiner wird lachen und sagen, daß Kamo-tah von einem Bären besiegt wurde.‹

Und ich richtete mich nach dem Wunsche meines Bruders. Und als ich nach Nulato gekommen war und der Russe Iwan mich mit der Hundepeitsche schlug, wußte ich, daß ich nicht kämpfen durfte. Denn keiner wußte von Kamo-tah, der hungrig und verwundet und klagend dalag. Wenn ich mit Iwan kämpfte und von ihm getötet wurde, mußte mein Bruder auch sterben. Deshalb sahst du, Oona, daß ich mich wie einen Hund prügeln ließ.

Dann hörte ich die Schamanen und die Häuptlinge davon sprechen, daß die Russen eine seltsame Krankheit über unser Volk gebracht hatten, daß sie unsere Männer töteten, unsere Weiber stahlen, und daß das Land von ihnen gesäubert werden müsse. Wie gesagt: ich hörte ihre Rede und hielt es für kluge und gerechte Rede. Und ich wußte auch, daß die Russen in dieser Nacht getötet werden sollten. Aber mein Bruder Kamo-tah lag draußen, verwundet und klagend und ohne Fleisch zum Essen. Deshalb konnte ich nicht bleiben und mit den Männern und den Knaben, die noch keine Jäger sind, kämpfen.

Und ich nahm Fleisch und Fisch mit mir und auch die Merkmale von der Hundepeitsche Iwans. Als ich aber hinkam, hörte ich Kamo-tah nicht mehr klagen. Denn er war tot. Da ging ich sofort wieder nach Nulato und – wahrlich, es gab kein Nulato mehr – nur Asche, wo das große Fort gestanden hatte, und die Leichen vieler Männer. Und ich sah, wie die

Russen in vielen Booten vom Meere her den Yukon herauf-
kamen. Viele Russen waren es. Und ich sah, wie Iwan aus
dem Versteck, in dem er gelegen, hervorkroch und mit ihnen
sprach. Und am nächsten Tage sah ich, wie Iwan sie auf die
Fährte des Stammes führte. Auch jetzt sind sie auf der Fährte.
Und ich bin hier, ich, Negore, aber ich bin kein Feigling.«

»Dies sind Worte, die ich höre«, sagte Oona, aber ihre
Stimme war freundlicher als zuvor. »Kamo-tah ist tot und
kann nicht für dich Zeugnis ablegen. Ich weiß nur, was ich
erfahren habe, und ich muß mit meinen eigenen Augen sehen,
daß du kein Feigling bist.«

Negore machte eine ungeduldige Bewegung.

»Aber es läßt sich Rat schaffen«, fügte sie hinzu. »Bist du
bereit, nicht weniger zu tun, als der alte Kinoos getan hat?«

Er nickte und wartete, was sie weiter sagen würde.

»Wie du gesagt hast, suchen sie uns auch jetzt, diese Russen. Zeige ihnen den Weg, Negore, so wie ihnen Kinoos den
Weg gezeigt hat, so daß sie unvorbereitet dorthin kommen,
wo wir sie erwarten werden: in eine Schlucht in den Bergen.
Du kennst die Stelle, wo die Bergwände schroff und zackig
sind – dort werden wir sie alle vernichten – auch Iwan. Wenn
sie wie Fliegen an den Wänden kleben und dem Boden nicht
näher sind als dem Gipfel, dann werden unsere Männer von
oben und von allen Seiten mit Speeren und Bogen und Gewehren über sie herfallen. Und von den Gipfeln werden die
Frauen und die Kinder große Felsblöcke losreißen und hinab-
schleudern. Es wird ein großer Tag sein, denn die Russen
werden getötet, das Land wird gesäubert ... und Iwan, auch
Iwan, der meinem Vater die Augen raubte und der die Hundepeitsche auf dein Gesicht legte, wird sterben. Er wird getötet werden, wie man einen tollen Hund tötet, und sein Körper
soll an den Felsen zerschellen. Und wenn der Kampf beginnt,
mußt du daran denken, Negore, daß du dich heimlich hin-
wegschleichst, damit du nicht getötet wirst.«

»So wird es geschehen«, sagte er. »Negore wird ihnen den
Weg zeigen. Und was geschieht dann?«

»Dann werde ich deine Frau werden, Negores Frau, die
Squaw eines tapferen Mannes. Und du sollst für mich und

Kinoos auf die Jagd gehen, und ich werde das Essen für dich kochen und dir warme und starke Parkas nähen und dir Mokassins verfertigen, nach der Sitte meines eigenen Volkes, die besser ist, als die deines Volkes. Und ich werde, wie ich dir sage, deine Frau werden, Negore, deine Frau für immer. Und ich will dir das Leben glücklich machen, so daß all deine Tage ein Gesang und ein Lachen werden. Und du wirst erkennen, daß Oona anders ist als alle Frauen, denn sie ist weit gereist und hat in seltsamen Gegenden gewohnt. Und sie kennt die Wege der Männer und weiß, wie man sie glücklich macht. Und selbst in deinem Alter wird sie dich noch glücklich machen. Und wenn du an die Tage deiner Kraft zurückdenkst, wird die Erinnerung selbst voller Süße sein, denn du wirst erkennen, daß sie gut zu dir war und Glück und Friede und Ruhe bedeutete, und daß sie mehr als alle andern Frauen für ihre Männer, eine Frau für dich und deine Frau gewesen ist.«

»So wird es geschehen«, sagte Negore. Und die Sehnsucht nach ihr fraß an seinem Herzen, und er streckte seine Arme so hungrig nach ihr aus, wie andere Männer ihre Hände nach dem Essen ausstrecken.

»Wenn du den Russen den Weg gezeigt hast, Negore«, rügte sie. Aber ihre Augen waren sanft und heiß, und er erkannte, daß sie ihn anblickte, wie noch keine Frau je getan.

»Es ist gut«, sagte er und wandte sich entschlossen von ihr ab. »Ich gehe jetzt, um alles mit den Häuptlingen zu verabreden, damit sie wissen, daß ich gegangen bin, den Russen den Weg zu zeigen.«

»Oh, Negore, mein Mann! Mein Mann!« flüsterte sie bei sich, als sie ihn gehen sah. Aber sie sagte es so leise, daß nicht einmal der alte Kinoos es hörte. Und seine Ohren waren überscharf, weil er blind war.

Drei Tage darauf wurde Negore, der absichtlich sein Versteck schlecht gewählt hatte, wie eine Ratte hervorgezogen und vor Iwan gezerrt, vor »Iwan den Schrecklichen«, wie seine Männer ihn nannten, die hinter ihm hermarschierten. Negore war nur mit einem elenden Speer mit Knochenspitze bewaffnet, und er hüllte sich in seinen Kaninchenmantel. Obgleich es ein warmer Tag war, zitterte er wie Espenlaub.

Zuerst schüttelte er den Kopf, als ob er die Sprache, in der Iwan ihn anredete, nicht verstünde, und deutete an, daß er sehr müde und krank sei. Und daß er nur den einen Wunsch hege, sich setzen und ausruhen zu dürfen. Immer wieder wies er auf seinen Magen, um zu zeigen, wo er krank wäre, und er zitterte schrecklich. Aber Iwan führte einen Mann aus Pastolik mit sich, der die Sprache Negores redete. Und viele Fragen über den Stamm wurden Negore gestellt, bis der Mann aus Pastolik, der Karduk hieß, sagte:

»Iwan hat gesagt, daß du zu Tode gepeitscht wirst, wenn du nicht sprichst. Und wisse, fremder Bruder, wenn ich dir sage, daß Iwans Wort hier Gesetz ist, dann sage ich es als dein Freund und nicht als Freund Iwans. Denn ich bin nicht freiwillig von meinem Lande an der See hergezogen, aber ich hege den brennenden Wunsch, am Leben zu bleiben. Deshalb werde ich dem Willen meines Herrn gehorchen – so wie du gehorchen wirst, fremder Bruder, wenn du weise bist und am Leben bleiben willst.«

»Aber, fremder Bruder«, gab Negore ihm zur Antwort. »Ich kenne wirklich nicht den Weg, den mein Volk gegangen ist, denn ich war krank, und sie entflohen so schnell, daß die Beine unter mir versagten und ich stürzte.«

Negore wartete, während Kaduk mit Iwan sprach. Dann bemerkte Negore, wie das Gesicht des Russen finster wurde, und er sah Männer kommen und sich neben ihn stellen, während sie die Riemen ihrer Peitschen knallen ließen. Worauf er große Furcht zeigte und laut schrie, daß er ein kranker Mann sei und nichts wisse, aber sagen wollte, was er wüßte. Und mit solchem Erfolg sprach er, daß Iwan seinen Männern befahl zu marschieren. Und zu beiden Seiten Negores gingen Männer mit Peitschen, damit er nicht weglief. Und wenn er zeigte, daß er infolge seiner Krankheit schwach wurde, stolperte und nicht so schnell ging, wie die Männer gingen, schlugen sie ihn mit ihren Peitschen, bis er vor Schmerz laut aufschrie und neue Kräfte entfaltete. Und als Karduk ihm erzählte, daß alles wieder gut für ihn werden würde, wenn sie seinen Stamm überrumpelt hätten, fragte er: »Und darf ich dann ruhen, ohne mich zu rühren?«

Immer wieder fragte er: »Und darf ich dann ruhen, ohne mich zu rühren?«

Und während er sehr krank zu sein schien und sich mit matten Augen umschaute, prüfte er die Kampftüchtigkeit von Iwans Männern und stellte mit Befriedigung fest, daß Iwan in ihm nicht den Mann erkannte, den er vor den Toren des Forts geschlagen hatte. Es war eine seltsame Schar, die seine matten Augen sahen. Da waren slavische Jäger mit heller Haut und mächtigen Muskeln. Da waren auch sibirische Mischlinge, deren Nasen Adlerschnäbeln glichen. Und magere, schiefäugige Männer waren da, in deren Adern ebensoviel mongolisches und tartarisches wie slavisches Blut floß. Sie alle waren wilde Abenteurer, Plünderer und Zerstörer aus den fernen Ländern jenseits der Beringsee, die jetzt die neue Welt mit Feuer und Schwert versengten und gierig nach ihren Reichtümern an Pelzen und Häuten haschten. Negore betrachtete sie mit Befriedigung, und in seiner Phantasie sah er sie zermalmt und getötet in der Schlucht zwischen den Bergen. Und immerfort sah er vor sich das Gesicht und die Gestalt Oonas, die im Bergpaß auf ihn wartete, und immer hörte er ihre Stimme in seinen Ohren und fühlte den sanften, warmen Glanz ihrer Augen auf sich ruhen. Aber er vergaß nie, zu zittern oder zu stolpern, wenn der Boden uneben war, oder laut zu schreien bei dem schneidenden Schmerz der Peitschenschläge. Außerdem fürchtete er Karduk, denn er wußte, daß der kein richtiger Mann war. Sein Auge war falsch und seine Zunge gewandt ... ja, es war eine Zunge, die seinem Urteil nach für die Aufrichtigkeit ehrlicher Rede zu gewandt schien.

Den ganzen Tag marschierten sie. Und am nächsten Tage – als Karduk im Auftrage Iwans Fragen an ihn richtete – sagte er, daß sie tags darauf seinen Stamm erreichen würden. Aber Iwan hatte sich einst den Weg vom alten Kinoos zeigen lassen und dabei die Erfahrung gemacht, daß dieser Weg durch die weiße Brandung und durch einen tödlichen Kampf führte, und er traute keinem mehr. Als sie daher an einen Paß in den Bergen gelangten, ließ er seine Männer halt machen und fragte Negore durch Karduk, ob der Paß frei sei.

Negore warf einen kurzen, gleichgültigen Blick hinüber. Es war ein weiter, schräger Abhang, der sich in die steilen Wände der Bergseite hineinschnitt und so von Sträuchern und Kriechpflanzen überwuchert war, daß ein ganzes Dutzend Stämme sich gut dort hätte verbergen können.

Er schüttelte den Kopf. »Nein – dort ist nichts«, sagte er. »Der Weg ist frei.«

Wieder sprach Iwan mit Karduk, und Karduk sagte:

»Wisse, fremder Bruder, wenn deine Rede nicht aufrichtig ist und wenn dein Volk den Weg versperrt und Iwan und seine Männer überfällt, so sollst du sterben, und zwar gleich.«

»Meine Rede ist aufrichtig«, sagte Negore. »Der Weg ist frei.«

Immer noch hegte Iwan Zweifel und befahl zwei von seinen slavischen Jägern, allein hinaufzugehen. Zwei andern gab er den Befehl, sich neben Negore zu stellen. Sie setzten ihm ihre Gewehrmündungen auf die Brust und warteten. Alle warteten. Und Negore wußte, wenn ein Pfeil geflogen kam oder wenn ein Speer geschleudert wurde, so traf der Tod ihn sofort. Die beiden slavischen Jäger kletterten mühsam hinauf und wurden immer kleiner. Und als sie den Gipfel erreicht hatten und zum Zeichen, daß alles in Ordnung sei, ihre Hüte schwenkten, glichen sie nur kleinen schwarzen Flecken am Himmel.

Die Gewehre wurden von der Brust Negores zurückgezogen, und Iwan befahl seinen Männern, vorzugehen. Er selbst ging stumm weiter, in tiefen Gedanken verloren. Als er eine Stunde marschiert war, sprach er, als ob er sehr unruhig wäre, durch den Mund Karduks zu Negore:

»Wie konntest du wissen, daß der Weg frei war, wenn du nur so oberflächlich hinblicktest?«

Negore dachte an die kleinen Vögel, die er zwischen den Steinen hatte sitzen sehen und lächelte nur – es war ja so einfach. Aber er zuckte die Achseln und gab keine Antwort. Denn er dachte auch an einen andern Paß in den Bergen, den sie sehr bald erreichen mußten, und wo die kleinen Vögel sicher alle verschwunden waren. Und er war froh, daß Karduk vom großen Nebelmeer kam, wo es keine Bäume und keinen

Streit gab, und wo die Männer die Künste des Wassers und nicht die des Landes und der Wälder lernten.

Drei Stunden später, als die Sonne gerade über ihren Häuptern stand, kamen sie wieder zu einem Paß, der sich durch die Felswände schlich, und Karduk sagte:

»Sieh genau mit deinen Augen, fremder Bruder, und prüfe, ob der Weg frei ist, denn Iwan gedenkt diesmal nicht zu warten und einige Männer vorausgehen zu lassen.«

Negore blickte prüfend hin, und während er hinschaute, standen zwei Männer neben ihm. Ihre Gewehrmündungen ruhten auf seiner Brust. Er sah, daß die kleinen Vögel alle verschwunden waren, und einmal sah er sogar das Funkeln des Sonnenlichts auf einem Gewehrlauf. Und er dachte an Oona und an ihre Worte: »Und wenn der Kampf beginnt, Negore, mußt du dich in aller Stille fortschleichen, so daß du nicht getötet wirst.«

Er fühlte den Druck der beiden Gewehre gegen seine Brust. Es war nicht so, wie sie es sich gedacht hatte. Hier gab es kein stilles Fortschleichen. Er würde als erster sterben, wenn der Kampf begann. Aber er sagte – und seine Stimme war fest, und er tat noch immer, als blickten seine Augen matt und würde er vom Fieber seiner Krankheit geschüttelt:

»Der Weg ist frei.«

Und sie gingen weiter, Iwan und seine vierzig Männer aus den fernen Ländern jenseits der Beringsee. Und da waren auch Karduk, der Mann aus Pastolik, und Negore, gegen den immer noch zwei Gewehrmündungen gerichtet waren. Es war ein langes Klettern, und sie kamen nur langsam vorwärts. Aber Negore schien es, als ob sie sich sehr schnell der Mitte des Weges näherten, wo der Gipfel ebenso weit entfernt wie der Boden war.

Ein Gewehrschuß knallte zwischen den Klippen rechts, und Negore hörte den Kriegsruf seines Stammes, und einen Augenblick sah er, wie Sträucher und Felsen sich mit seinen Stammesgenossen belebten. Dann fühlte er, daß eine heiße Flamme durch seinen Körper barst und ihn zerriß. Und als er fiel, spürte er die bittere Qual des Lebensgeistes, der mit dem Fleisch kämpfte, um frei zu werden.

Aber er hielt sein Leben mit dem harten Griff des Geiz-halses zurück und wollte es nicht schwinden lassen. Immer noch atmete er die Luft ein, die seine Lunge mit schmerzlicher Süße zerwühlte. Und wie durch einen Nebel bemerkte er – von kurzen Pausen unterbrochen, in denen er blind und taub war – das plötzliche Aufblitzen von Lauten und Bildern und sah, wie die Leute Iwans über ihre Toten strauchelten und wie seine eigenen Brüder die Opfer zerfetzten, und hörte, wie sie die Luft mit ihren Rufen und dem Getöse ihrer Waffen erfüllten, während hoch oben Frauen und Kinder große Felsblöcke losrissen, die wie lebende Wesen heruntersprangen und donnernd in die Tiefe fielen.

Die Sonne tanzte über seinem Kopfe am Himmel, die mächtigen Felswände schaukelten und schwankten, und noch immer hörte und sah er wie durch einen Nebel. Und als der große Iwan leblos und von einem herabstürzenden Felsblock zermalmt, über seine Beine fiel, dachte er an die blinden Augen des alten Kinoos und freute sich.

Und allmählich verstummte das Getöse, und die Bergwände gaben keinen Widerhall mehr, und er sah seine Stammesgenossen näher- und näherkriechen und dabei die Verwundeten mit den Speeren durchbohren. Ganz in seiner Nähe hörte er, wie ein mächtiger Slave sich gegen den Tod wehrte und halb aufrecht kämpfte, bis er von den durstigen Speeren rückwärts und zu Boden gedrückt wurde.

Dann sah er das Gesicht Oonas über sich und fühlte, wie Oonas Arme ihn umschlangen. Und für einen Augenblick machte die Sonne halt am Himmel und blieb stehen, und die hohen Wände standen da, ohne zu wanken.

»Du bist ein tapferer Mann, Negore«, hörte er sie in sein Ohr flüstern. »Und du bist mein Mann, Negore.«

Und in diesem Augenblick lebte er das ganze Leben voll Glück, von dem sie ihm erzählt hatte und hörte Lachen und Gesang. Und als die Sonne am Himmel erlosch, wie wenn es in seinem hohen Alter gewesen wäre, wußte er, daß die Erinnerung an Oona süß war. Und als die Erinnerung verblich, und er von der großen Dunkelheit, die über ihn kam, verschlungen wurde, fühlte er in ihren Armen die Erfüllung der

Seligkeit und der ganzen tiefen Ruhe, die sie ihm versprochen hatte. Und als die schwarze Nacht ihn einhüllte, lag sein Kopf an ihrer Brust, und er merkte, wie ein großer Friede über ihn kam. Er empfand die Stille vieler Abende und die Seligkeit des Schweigens.

Quartier für einen Tag

Es war das verfluchteste Wettrennen, das ich je erlebt habe. Mindestens tausend Hundegespanne waren auf dem Eis. Vor Rauch und Dampf konnte man nichts sehen. Zwei weiße Männer und ein Schwede erfroren in jener Nacht und ein Dutzend ruinierten sich die Lungen. Aber hatte ich nicht mit eigenen Augen den Boden des Tümpels gesehen? Er war von Gold so gelb wie ein Senfpflaster. Das war der Grund, daß ich den Yukon nach einem Goldfeld hinablief. Das war es auch, was den Anlaß zu diesem Wettrennen gegeben hatte. Und dann war nichts daran. Das sage ich ja: Es war nichts daran. Und ich hab's immer noch nicht herausgekriegt.

(Bericht Shortys.)

John Meßner klammerte sich mit der einen geübten Hand an die lange Lenkstange fest und hielt den Schlitten auf der Bahn. Mit der andern Hand, die auch durch einen Fäustling geschützt war, rieb er sich Wangen und Nase. Er rieb sich Wangen und Nase jeden Augenblick. Tatsächlich hörte er kaum auf, sie zu reiben, und als ihre Gefühllosigkeit immer schlimmer wurde, rieb er sie sehr kräftig. Seine Stirn lag unter dem Schirm der Pelzmütze, deren Kappen seine Ohren bedeckten. Der übrige Teil des Gesichts wurde durch einen dichten Bart geschützt, der goldbraun durch die Eiskruste schimmerte.

Hinter ihm hüpfte ein schwerbeladener Schlitten hin und her, und vor ihm arbeiteten fünf Hunde in einer Reihe. Das Seil, an dem sie den Schlitten zogen, scheuerte gegen Meßners Bein. Wenn die Hunde einer Biegung der Bahn folgten, sprang er über das Seil hinüber. Es waren viele Biegungen, und er war deshalb oft gezwungen, über das Seil zu springen. Zuweilen trat er dabei auf das Seil oder stolperte darüber, wie er denn die ganze Zeit sehr ungeschickt war und überhaupt eine so große Müdigkeit zeigte, daß der Schlitten hin und wieder sogar gegen seine Fersen stieß. Wenn er eine gerade Strecke erreichte, wo der Schlitten einen Augenblick ohne Führung weiterlaufen konnte, ließ er die Lenkstange los und schlug mit der rechten Hand gegen das harte Holz. Es wurde ihm schwer, den Blutumlauf in der Hand im Gange zu halten. Während er sich die eine Hand windelweich schlug, vergaß er jedoch nicht, sich auch Nase und Wangen weiter zu reiben.

»Auf alle Fälle ist es heute zu kalt zum Fahren«, sagte er. Er sprach laut, wie Leute tun, die viel allein sind. »Nur ein Narr läuft in dieser Temperatur herum. Wenn es nicht achtzig Grad unter Null sind, dann doch wenigstens neunundsiebzig.«

Er nahm seine Uhr heraus, und nach einigem Tasten gelang es ihm, sie wieder in die Brusttasche seiner dicken wollenen Jacke zu stecken. Dann betrachtete er den Himmel und ließ seinen Blick über den weißen Horizont im Süden schweifen.

»Zwölf Uhr«, murmelte er. »Klarer Himmel und sonnenlos.«

Zehn Minuten wanderte er schweigend weiter. Dann fügte er plötzlich, als ob er seine Rede gar nicht unterbrochen hätte, hinzu:

»Und dabei nicht weitergekommen – es ist auch viel zu kalt zum Wandern.«

Plötzlich rief er den Hunden »Prrr« zu und blieb stehen. Er schien sich sehr über seine Hand aufzuregen und begann, mit ihr wütend gegen die Lenkstange zu schlagen.

»Ihr – armen – Teufel!« wandte er sich an die Hunde, die sich schwerfällig auf das Eis hatten sinken lassen, um sich ein wenig auszuruhen. Durch die Heftigkeit, mit der er seine gefühllose Hand gegen das Holz schlug, kamen die Worte nur stoßweise heraus. »Was habt ihr denn verbrochen, daß ein zweibeiniges Geschöpf kommen kann, euch ein Geschirr anlegt, all eure natürlichen Neigungen unterdrückt und solche Sklavenbiester aus euch macht?«

Er rieb sich die Nase, nicht nachdenklich, sondern wild, um das Blut wieder in Umlauf zu bringen, und ließ die Hunde dann wieder laufen. Er wanderte über die gefrorene Oberfläche eines großen Flusses. Der erstreckte sich hinter ihm in einer mächtigen Kurve, die viele Meilen weit war und verlor sich in der Ferne in einem phantastischen Gewirr von Bergen, die sich schneebedeckt und stumm gen Himmel hoben. Vor ihm löste sich der Fluß in viele Kanäle auf, um die Last der vielen Inseln, die er auf seiner Brust trug, zu erleichtern. Auch diese Inseln waren weiß und stumm. Kein Tier flog durch die eisige Luft. Man hörte keinen Laut von Menschen. Und keine Spur von der Tätigkeit von Menschen war zu sehen. Die ganze Welt schlief, und der Schlaf ähnelte dem Tode.

Es schien, als ob John Meßner der allgemeinen Erstarrung unterliegen sollte. Die Kälte begann auch seinen Geist starr zu machen. Er trottete mit gesenktem Kopf, ohne sich umzusehen, weiter und rieb automatisch Backen und Nase, oder hämmerte mit der steuernden Hand gegen die Lenkstange, sobald er sich auf einer geraden Strecke bewegte.

Aber die Hunde hielten die Augen offen. Sie blieben plötzlich stehen, wandten ihre Köpfe und blickten ihren Herrn und Meister mit Augen an, die traurig und voller Fragen waren. Ihre Wimpern waren voller Eis, ihre Mäuler ebenfalls, und Reif und Erschöpfung ließen sie alt und gebrechlich erscheinen.

Der Mann wollte sie schon wieder antreiben, aber er hielt inne, reckte sich mühselig und sah sich um. Die Hunde hatten neben einem Wasserloch haltgemacht – es war kein Riß im Eis, sondern ein richtiges Loch, von einem Menschen mühselig mit einem Beil durch das drei und einen halben Fuß dicke Eis geschlagen. Eine schwere Kruste von frischgebildetem Eis zeigte, daß es seit einiger Zeit nicht benutzt war. Meßner sah es an. Die Hunde wiesen schon den Weg, denn all die sehnsüchtigen, bereiften Mäuler waren auf die unsichere Schneespur gerichtet, die sich von der allgemeinen Fährte am Fluß abtrennte und den Uferhang der Insel hinaufführte.

»Schön, ihr armen, fußwunden Viecher«, sagte er. »Ich werde mal nachsehen. Ihr seid doch nicht um einen Deut weniger als ich darauf versessen, die Arbeit niederzulegen.«

Er erkletterte den Hang und entschwand den Blicken der Hunde. Die legten sich nicht hin, sondern blieben stehen und warteten gespannt auf seine Rückkehr. Der Mann kam auch bald wieder. Er nahm eine Zugleine vorn vom Schlitten und legte sie sich um die Schultern. Dann lenkte er die Hunde nach rechts und ließ sie den Hang im Lauf nehmen. Es war eine schwere Arbeit, aber ihre Müdigkeit verließ sie, als sie sich gegen den Schnee stemmten. Sie winselten vor Eifer und Freude, während sie sich mit dem letzten Aufwand von Kraft hügelan kämpften. Wenn einer von ihnen stolperte oder ausglitt, biß der ihm folgende ihm in die Hinterläufe. Der Mann rief ihnen ermunternd und drohend zu und warf sein ganzes Gewicht in die Zugleine, um den Tieren zu helfen.

Noch ein Ruck, und sie waren oben, bogen nach links ab und strebten einer kleinen, aus rohen Stämmen erbauten Hütte zu. Sie war unbewohnt und bestand nur aus einem Raum, der acht mal zehn Fuß maß. Meßner schirrte die Hunde ab, nahm das Gepäck vom Schlitten und trat in die Hütte. Der letzte Wanderer, der zufällig vorbeigekommen war, hatte etwas Brennholz hinterlassen. Meßner stellte seinen leichten eisernen Ofen auf und machte Feuer. Dann legte er fünf an der Sonne gedörrte Lachse in den Backofen, um sie aufzutauen. Aus dem Wasserloch füllte er Kaffeekanne und Kochtopf.

Während er wartete, daß das Wasser kochen sollte, hielt er sein Gesicht über den Ofen. Sein feuchter Atem hatte sich im Bart festgesetzt und war zu einer Eiskruste gefroren, die er jetzt aufzutauen versuchte. Als sie schmolz und das Wasser auf den Ofen tropfte, zischte es, und ihm stieg Dampf entgegen. Er löste mit den Fingern kleine Eisklumpen aus den Haaren. Sie fielen prasselnd zu Boden.

Wildes Geheul seiner Hunde vor der Tür hob an. Er hörte auch das wolfsartige Knurren und Heulen fremder Hunde und den Klang von Stimmen. Dann wurde an die Tür geklopft.

»Herein!« rief Meßner. Seine Stimme klang dumpf, weil er im Augenblick ein Stückchen Eis zwischen den Lippen hatte, das im Schnurrbart festsaß und das er gerade abzusaugen versuchte.

Die Tür öffnete sich. Meßner warf einen Blick durch die Dampfwolke und sah einen Mann und eine Frau, die an der Türschwelle zögerte.

»Kommen Sie herein!« sagte er gebieterisch. »Und schließen Sie die Tür!«

Da der Dampf seine Augen verhüllte, konnte er sich kein rechtes Bild von ihrer Erscheinung machen. Die ledernen

Nasen- und Wangenschützer, die die Frau trug und die Ohrenklappen ihrer Mütze ließen von ihrem Gesicht nur ein dunkles Augenpaar sehen. Der Mann hatte schwarze Augen und war glattrasiert, mit Ausnahme der Oberlippe, doch war der Schnurrbart so vereist, daß er den Mund ganz verbarg.

»Wir möchten gern wissen, ob es noch eine Hütte hier in der Nähe gibt«, sagte er, indem er gleichzeitig seinen Blick über die karge Ausstattung des Raumes schweifen ließ. »Wir dachten, daß die Hütte hier unbewohnt wäre.«

»Sie gehört mir auch nicht«, antwortete Meßner. »Ich habe sie erst vor einigen Minuten gefunden. Kommen Sie nur herein und machen sich's bequem. Platz ist genug da, und Sie brauchen Ihren Ofen nicht erst aufstellen. Hier ist Platz für uns alle.«

Beim Klang seiner Stimme blickte die Frau ihn mit lebhafter Neugier an.

»Zieh deine Sachen aus«, sagte ihr Begleiter zu ihr. »Ich werde die Hunde ausspannen und hole dann Wasser, daß wir kochen können.«

Meßner brachte die aufgetauten Lachse hinaus und fütterte die Hunde. Er mußte sie auch gegen das fremde Gespann schützen, und als er wieder in die Hütte trat, hatte der andere schon das Gepäck hereingeschleppt und Wasser geholt. Meßners Wasser kochte schon. Er goß Kaffee in seine Kanne, mischte ihn mit einer halben Tasse kalten Wassers und nahm dann seinen Topf vom Ofen. Er taute ein paar Sauerteigzwiebacks im Backofen und wärmte gleichzeitig einen Topf mit Bohnen auf, die am Abend zuvor gekocht, aber während der Fahrt am Morgen gefroren waren.

Er nahm all seine Sachen vom Ofen, um den Neuangekommenen Platz zum Kochen zu machen und stellte sein Essen auf die Proviantkiste, während er sich auf die zusammengerollten Bettdecken setzte, um seine Mahlzeit zu beginnen. Zwischen den einzelnen Bissen sprach er über Wanderungen und Hunde mit dem anderen Manne, der seinen Kopf über den Ofen hielt und das Eis in seinem Schnurrbart auftaute. Es befanden sich zwei Bettstellen in der Hütte, und der

Fremde warf sein Bettzeug in das eine, sobald er seinen Schnurrbart in Ordnung gebracht hatte.

»Wir wollen hier schlafen«, sagte er. »Wenn Sie nicht diese Bettstelle vorziehen. Sie sind zuerst gekommen und haben also das Recht zu wählen, nicht wahr?«

»Schon gut«, antwortete Meßner. »Ein Bett ist genau so gut wie das andere.«

Er breitete seine eigenen Decken in der anderen Bettstelle aus und setzte sich dann auf den Rand. Der Fremde steckte eine kleine Reisehandtasche, wie Aerzte sie benutzen, unter die Decken am einen Ende der Bettstelle, damit sie als Kissen diente.

»Arzt?« fragte Meßner.

»Ja«, lautete die Antwort. »Aber ich kann Ihnen versichern, daß ich nicht nach Klondike gekommen bin, um zu praktizieren.«

Die Frau war eifrig mit Kochen beschäftigt, während der Mann Speck in Scheiben schnitt und den Ofen heizte. Das Licht in der Hütte war nur schwach. Es sickerte durch ein kleines Fenster herein, dessen Scheibe aus einem mit Speck eingefetteten Bogen Schreibpapier bestand. John Meßner konnte deshalb nicht genau feststellen, wie die Frau eigentlich aussah. Er versuchte es auch gar nicht. Er schien nicht das geringste Interesse für sie zu hegen. Sie hingegen warf von Zeit zu Zeit neugierige Blicke nach der dunklen Ecke, in der er saß.

»Ach, ist das ein herrliches Leben!« rief der Arzt begeistert und hörte einen Augenblick auf, sein Messer am Ofenrohr zu schleifen. »Was ich so daran liebe, ist der Kampf, der Versuch, alles mit eigenen Händen zu tun, die Einfachheit, die Wirklichkeit von allem.«

»Die Temperatur ist jedenfalls wirklich genug«, lachte Meßner.

»Wissen Sie, wie kalt es tatsächlich ist?« fragte der Arzt.

Der andere schüttelte den Kopf.

»Nun, ich will es Ihnen sagen. Vierundsiebzig unter Null auf dem Spiritusthermometer draußen am Schlitten.«

»Das heißt hundertundsechs unter dem Gefrierpunkt. Zu kalt zum Reisen, nicht?«

»Der reine Selbstmord«, lautete das Urteil des Arztes. »Man strengt sich zu sehr an. Man atmet schwer, weil man die eisigkalte Luft in die Lungen bekommt. Sie ruiniert die Lungen, läßt den Rand des Gewebes erfrieren. Dann kriegt man einen trockenen, harten Husten, wenn das tote Gewebe abgestoßen wird, und im nächsten Sommer stirbt man an Lungenentzündung und wundert sich dabei, was eigentlich mit einem los ist. Ich werde eine Woche hier in der Hütte bleiben, vorausgesetzt, daß das Thermometer nicht auf mindestens fünfzig Grad steigt.

»Sag mal, Teß«, meinte er einen Augenblick später. »Glaubst du nicht, daß der Kaffee bald fertig ist?«

Als der Name der Frau genannt wurde, kam plötzlich Leben in John Meßner. Er warf ihr einen schnellen Blick zu, während ein flüchtiger Ausdruck – das Gespenst eines längst begrabenen Unglücks, das plötzlich wieder auferstand – über sein Gesicht huschte. Im nächsten Augenblick war es ihm indessen durch eine ungeheure Willensanspannung gelungen, das Gespenst wieder zu bannen. Sein Gesicht war ebenso gelassen wie zuvor, obgleich er noch immer wachsam blieb, da ihn, was er bei der schlechten Beleuchtung des Raumes vom Gesicht der Frau hatte sehen können, nicht befriedigt hatte.

Ganz mechanisch hatte sie zuerst die Kaffeekanne wieder auf den Ofen gestellt. Erst als sie das getan hatte, warf sie einen Blick auf Meßner. Er hatte sich indessen schon zusammengenommen. Sie sah deshalb nichts als einen Mann, der auf dem Rand seines Bettes saß und die Spitzen seiner Mokassins betrachtete. Als sie sich aber wie zufällig nach der anderen Seite wandte, um weiter zu kochen, sah er sie schnell an, aber auch sie warf einen Blick auf ihn, und ihre Augen begegneten sich deshalb. Er ließ seinen Blick weiter zu dem Arzt schweifen, aber eine Andeutung von Lächeln kräuselte doch seine Lippen als Anerkennung für die Art, wie sie ihn in die Falle gelockt hatte.

Sie nahm eine Kerze aus der Proviantkiste und zündete sie an. Ein Blick auf das grell beleuchtete Gesicht genügte Meßner. In der kleinen Hütte betrug selbst der größte Abstand nur wenige Schritt, und im nächsten Augenblick stand sie neben ihm. Sie hielt ihm absichtlich die Kerze dicht vors Gesicht und starrte ihn mit Augen an, die vor Furcht und Staunen weit geöffnet waren. Er lächelte sie beruhigend an.

»Was suchst du, Teß?« rief der Arzt.

»Haarnadeln«, antwortete sie, während sie zu ihrer Bettstelle ging und in ihrem Kleidersack zu suchen begann.

Sie verzehrten ihre Mahlzeit, die sie auf ihrer Proviantkiste angerichtet hatte, während sie selbst auf Meßners Kiste ihm gegenüber saßen. Er hatte sich auf sein Bett gelegt, um sich auszuruhen, und lag jetzt auf der Seite, den Kopf auf den Arm gestützt. In dem engen Raum war es, als säßen alle drei zusammen bei Tisch.

»Aus welchem Teil der Staaten kommen Sie?« fragte Meßner.

»Aus San Francisco«, gab der Arzt zur Antwort. Aber ich bin immerhin schon zwei Jahre hier im Lande.«

»Ich komme auch aus Kalifornien«, sagte Meßner.

Die Frau sandte ihm einen flehenden Blick, aber er lächelte nur und fuhr fort:

»Aus Berkeley, wissen Sie.«

Der andere blickte auf.

»Universität?« fragte er.

»Ja. Immatrikulation 1886.«

»Ich meine Dozent«, erklärte der Arzt. »Sie sehen fast so aus.«

»Tut mir leid«, gab Meßner lächelnd zurück. »Ich möchte lieber für einen Goldsucher oder einen Hundefahrer gehalten werden!«

»Ich finde, er sieht einem Professor nicht ähnlicher, als du einem Arzt«, mischte die Frau sich in die Unterhaltung.

»Ich danke Ihnen«, sagte Meßner. Dann wandte er sich wieder an ihren Begleiter: »Darf ich vielleicht fragen, wie Sie heißen, Doktor?«

»Haythorne, wenn Ihnen mein Wort genügt. Meine Visitenkarten ließ ich mit der übrigen Zivilisation zu Hause.«

»Und Frau Haythorne.« Meßner lächelte und verbeugte sich.

Die Frau warf ihm einen Blick zu, der mehr erbost als bittend war. Der Arzt wollte nach dem Namen des anderen fragen und hatte schon den Mund geöffnet, um der Frage Worte zu verleihen, als Meßner ihm zuvorkam.

»Da fällt mir plötzlich ein, Doktor, daß Sie vielleicht meine Neugier befriedigen können. Vor zwei oder drei Jahren war eine Art Skandal in den Dozentenkreisen. Die Frau eines Professors der englischen Sprache verschwand – verzeihen Sie, Frau Haythorne – mit einem Arzt aus San Francisco, soviel ich verstand, obgleich ich im Augenblick nicht auf seinen Namen kommen kann. Erinnern sie sich an die Sache?«

Haythorne nickte. »Es erregte damals ziemlich viel Aufsehen. Er hieß Womble – Graham Womble. Er hatte eine glänzende Praxis. Ich kannte ihn ein wenig.«

»Ja – was mich interessieren würde: Was ist eigentlich aus den beiden geworden? Haben Sie etwas darüber gehört? Sie hinterließen keine Spur, weder Haut noch Haar.«

»Nein, er vertuschte seine Fährte sehr gut.« Haythorne räusperte sich. »Das Gerücht sagte, sie wären in der Südsee mit einem Schoner in einem Taifun untergegangen oder so was Aehnliches.«

»Das habe ich nie gehört«, sagte Meßner. »Erinnern Sie sich auch an die Geschichte, Frau Haythorne?«

»Ausgezeichnet«, antwortete sie in einem Ton, dessen Selbstbeherrschung in einem verblüffenden Widerspruch zu dem Zorn stand, der in ihrem Gesicht flammte, das sie abwandte, um es Haythorne zu verbergen.

Der wollte den andern schon wieder nach seinem Namen fragen, als Meßner bemerkte:

»Dieser Dr. Womble war doch, nach allem, was ich gehört habe, ein sehr hübscher Mensch ... und ... hm ... soll auch große Erfolge bei Frauen gehabt haben.«

»Nun – wenn das wirklich der Fall war, dann hat er jedenfalls gründlich Schluß damit gemacht nach dieser Geschichte«, murmelte Haythorne.

»Und die Frau soll eine wahre Xanthippe gewesen sein – jedenfalls nach dem, was man mir erzählte. In Berkeley hieß es allgemein, daß sie ihrem Mann das Leben – na, wie soll ich mich ausdrücken – nicht gerade zum Paradies gemacht hatte.«

»Das hab ich nie gehört«, antwortete Haythorne. »In San Francisco sagte man eher das Gegenteil.«

»So eine Art Märtyrerin, wie? Ans Kreuz der Ehe genagelt?«

Der Arzt nickte. Meßners graue Augen leuchteten vor freundlicher Neugier, als er fortfuhr:

»Na, anders war es ja auch nicht zu erwarten – jede Medaille hat zwei Seiten. Als ich in Berkley lebte, sah ich natürlich nur die eine Seite. Sie ist offenbar ziemlich viel in San Francisco gewesen, scheint es.«

»Ein bißchen Kaffee bitte«, sagte Haythorne.

Die Frau füllte seine Tasse wieder und brach gleichzeitig in leises Lachen aus.

»Ihr sitzt da und klatscht wie ein paar Marktweiber«, schalt sie.

»Es ist wirklich so interessant«, sagte Meßner lächelnd und wandte sich wieder an den Arzt: »Ihr Mann hat offenbar keinen besonders guten Ruf in San Francisco gehabt?«

»Im Gegenteil, er war der richtige Moralpauker«, brach es aus Haythorne mit einem Eifer heraus, der offenbar übertrieben war. »Er war ein kleines pedantisches Männchen ohne einen Tropfen rotes Blut in seinen Adern.«

»Haben Sie ihn gekannt?«

»Hab' ihn nie gesehen. Ich habe mich nie für Professorenkreise interessiert ...«

»Das ist auch wieder nur eine Seite von der Medaille«, sagte Meßner mit einer Miene, als erwöge er die Frage objektiv. »Weil er nicht so sehr mitzählte – das ist wahr, jedenfalls in rein physischer Beziehung –, obgleich ich doch nicht sagen kann, daß er ganz so schlimm war, wie man sagt Er nahm großen tätigen Anteil an den Turnübungen der Studenten.

Und er war durchaus nicht unbefähigt. Er schrieb einmal ein Weihnachtsstück, das ihm einige Anerkennungen verschaffte. Ich habe auch gehört, daß er zum Chef der englischen Abteilung vorgesehen war, aber da passierte diese Geschichte, und er zog sich zurück, verschwand. Sie zerschlug völlig seine Karriere – oder es schien doch so. Jedenfalls galt die Sache – von unserer Seite der Medaille aus betrachtet – allgemein als ein schwerer Schlag für ihn. Man war auch der Ansicht, daß er seine Frau sehr lieb hatte.«

Haythorne hatte inzwischen seine Kaffeetasse geleert und murmelte gleichgültig etwas vor sich hin. Dann steckte er sich seine Pfeife an.

»Es war nur ein Glück, daß sie keine Kinder hatten«, fuhr Meßner fort.

Haythorne warf einen Blick nach dem Ofen. Dann setzte er sich die Mütze auf und zog sich die Fäustlinge an.

»Ich gehe hinaus und hole ein bißchen Brennholz«, sagte er. »Dann kann ich die Mokassins ausziehen und es mir bequem machen.«

Die Tür schlug hinter ihm zu. Eine lange Minute herrschte Schweigen. Der Mann blieb in derselben Stellung auf seinem Bett liegen. Die Frau saß auf der Proviantkiste und wandte ihm ihr Gesicht zu.

»Was beabsichtigst du, zu tun?« fragte sie plötzlich.

Meßner blickte sie mit gelassenem Gleichmut an. »Was meinst du, daß ich tun werde? Keinen Auftritt hoffentlich. Du siehst, ich bin müde und wund vom Laufen, und man liegt so gut in diesem Bett ...«

Sie nagte an ihrer Oberlippe und schäumte vor Wut.

»Aber ...« begann sie heftig. Dann ballte sie die Fäuste und verstummte.

»Ich hoffe, du hegst nicht den Wunsch, daß ich Herrn ... hm ... Herrn Haythorne töten soll?« sagte er höflich, fast bittend. »Es würde furchtbar störend sein, und ich kann dir versichern, daß es gänzlich überflüssig ist.«

»Aber etwas mußt du doch tun«, rief sie.

»Ganz im Gegenteil – ich finde es selbstverständlich, daß ich nichts tun werde ...«

»Du willst hierbleiben?«

Er nickte.

Sie sah sich verzweifelt in der Hütte um und warf einen Blick auf die Bettdecken, die noch unaufgerollt auf der anderen Bettstelle lagen. »Jetzt wird es bald Abend. Du kannst nicht hier bleiben. Du kannst es nicht! Ich sage dir, du kannst es einfach nicht.«

»Natürlich kann ich. Ich darf dich vielleicht daran erinnern, daß ich die Hütte zuerst gefunden habe, und daß ihr folglich meine Gäste seid.«

Wieder wanderten ihre Blicke durch den Raum, und als sie wieder das Bett sah, malte sich Grauen auf ihrem Gesicht.

»Dann müssen wir also gehen«, sagte sie entschlossen.

»Unmöglich. Du hast den trockenen, harten Husten – wie Herr ... hm ... Herr Haythorne ihn so treffend beschrieben hat. Wahrscheinlich hast du dir schon die Lunge ruiniert. Außerdem ist er ja Arzt und weiß Bescheid. Er würde es nie erlauben.«

»Was willst du denn tun?« fragte sie wieder in einem leisen, ruhigen Ton, der einen Ausbruch erwarten ließ.

Meßner betrachtete sie in einer Weise, die fast väterlich erschien und etwas von dem tiefen Mitleid und der Geduld enthielt, wohinter er seinen Blick zu verbergen versuchte.

»Meine liebe Theresa, wie ich dir bereits vorhin sagte: ich weiß es nicht. Ich habe wirklich nicht die leiseste Ahnung.«

»Oh, du treibst mich zum Wahnsinn!« Sie sprang auf und rang ihre Hände in ohnmächtiger Wut. »Du warst nie so wie jetzt.«

»Ich pflegte die Sanftheit und Freundlichkeit selbst zu sein«, nickte er zustimmend. »Das war wohl der Grund, daß du mich verließest.«

»Du bist jetzt so ganz anders ... so grauenhaft ruhig. Du machst mir angst und bange. Ich fühle, daß du dir etwas Furchtbares ausgeheckt hast. Aber was du auch tun willst, so tue es nicht unüberlegt. Versprich mir, dich nicht aufzuregen.«

»Ich rege mich nicht mehr auf«, unterbrach er sie. »Nicht mehr, seit du weggegangen bist.«

»Du hast dich ... sehr zu deinem Vorteil verändert«, gab sie zurück.

Er lächelte zustimmend. »Während ich darüber nachdenke, was ich tun werde, will ich dir erzählen, was du jedenfalls tun mußt ... nämlich Herrn ... hm ... Herrn Haythorne erzählen, wer ich bin. Das wird unseren Aufenthalt hier in dieser Hütte ... etwas ... etwas korrekter in gesellschaftlicher Beziehung gestalten, nicht wahr?«

»Warum bist du mir in dieses furchtbare Land nachgekommen?« fragte sie ganz plötzlich.

»Du darfst nicht glauben, daß ich mich nach dir umgesehen habe, Theresa. Deine Eitelkeit soll nicht den Triumph erleben, der in einem solchen Mißverständnis liegen könnte. Unsere Begegnung ist vollkommen zufällig. Ich habe damals das akademische Leben aufgegeben und bin fortgezogen. Um ganz aufrichtig zu sein, kam ich nach Klondike, weil ich mir dachte, daß ich dich hier am wenigsten finden würde.«

Man hörte jemand gegen die Tür stoßen, dann ging sie auf und Haythorne trat mit einem Arm voll Brennholz in die Hütte. Sofort machte Theresa sich daran, die Teller abzuräumen. Haythorne ging wieder hinaus, um mehr Brennholz zu holen.

»Warum hast du uns nicht gleich vorgestellt?«, fragte Meßner.

»Ich werde es ihm schon sagen«, antwortete sie und warf den Kopf zurück. »Glaube nur nicht, daß ich mich fürchte.«

»Ich habe noch nie erlebt, daß du dich vor irgend etwas fürchtest.«

»Und ich fürchte mich auch nicht vor einem Geständnis«, sagte sie, und ihr Gesicht und ihre Stimme wurden sanft.

»Aber ich fürchte, daß ein Geständnis deinerseits eine indirekte Ausnutzung sein würde – eine Art Ausnutzung der Reue, eine Selbstverherrlichung auf Kosten Gottes.«

»Werde, bitte, nicht literarisch«, schmollte sie mit wachsender Zärtlichkeit. »Ich habe nie diese Art geliebt. Im übrigen fürchte ich mich durchaus nicht, dich zu fragen, ob du mir verzeihen kannst.«

»Es gibt nichts zu verzeihen, Theresa. Ich sollte dir eher danken. Es ist freilich wahr, daß ich anfangs viel gelitten habe. Und dann wurde es mir auf einmal klar, daß ich glücklich war, sehr glücklich sogar ... es kam wie ein herrlicher Frühling über mich. Es war eine höchst verblüffende Entdeckung.«

»Aber was würdest du sagen, wenn ich am liebsten zu dir zurückkehren würde?« fragte sie.

Er warf ihr einen sonderbaren Blick zu. »Ich würde sehr verwirrt werden.«

»Ich bin noch immer deine Frau. Du weißt, daß wir nicht geschieden sind.«

»Ich weiß«, überlegte er. »Da bin ich eben sehr nachlässig gewesen. Es wird mit das Erste sein, was ich jetzt tun werde.«

Sie trat zu ihm und legte ihm die Hand auf den Arm. »Du willst mich nicht mehr, John?« Ihre Stimme war sanft und kosend. »Wenn ich dir nun sagte, daß ich mich geirrt habe? Wenn ich dir sagen würde, daß ich sehr unglücklich bin? Und ich bin es tatsächlich. Und ich habe mich auch geirrt.««

Meßner begann ängstlich zu werden. Er merkte, daß seine Kraft unter dem leichten Druck der Hand zu schmelzen begann. Er lief Gefahr, die Herrschaft über die Situation zu verlieren, seine ganze wunderbare Ruhe war im Begriff, sich zu verflüchtigen. Sie sah ihn mit sanften Blicken an, und auch er wurde weich. Er fühlte sich am Rande eines Abgrundes, außerstande, der Kraft zu widerstehen, die ihn zu überwältigen drohte.

»Ich möchte gern zu dir zurückkehren, John. Ich komme heute zu dir zurück ... jetzt gleich.«

Wie in einem Alpdruck kämpfte er mit sich unter der Berührung ihrer Hand. Während sie sprach, schien ihm, als lausche er dem leise wiegenden Gesang der Loreley. Es war, als spielte irgendwo ein Klavier.

Plötzlich sprang er auf, schob sie, als sie ihn zu umarmen versuchte, von sich und flüchtete zur Tür. Er war von panischer Furcht ergriffen.

»Ich werde irgend etwas Verrücktes tun«, rief er.

»Ich habe dir doch den Rat gegeben, dich nicht aufzuregen«, lachte sie spöttisch und trat an den Ofen hinüber, um die Teller abzuwaschen. »Keiner sehnt sich nach dir. Ich habe nur ein bißchen mit dir gespielt. Ich bin glücklicher, wo ich jetzt bin.«

Aber Meßner glaubte ihren Worten nicht. Er erinnerte sich, mit welcher Leichtigkeit sie stets die Front wechseln konnte. Jetzt hatte sie dasselbe getan. Es war eine Ausbeutung auf Umwegen. Sie war nicht glücklich bei dem andern Manne. Sie hatte entdeckt, daß sie eine Dummheit gemacht hatte. Bei diesem Gedanken loderte seine Eitelkeit auf. Sie wäre gern zu ihm zurückgekehrt, und doch war das das Einzige, was er nicht wünschte. Ohne es zu wissen, drückte er den Türgriff nieder.

»Du brauchst nicht wegzulaufen«, lachte sie. »Ich beiße dich nicht.«

»Ich laufe nicht weg«, erklärte er mit kindischem Trotz, während er sich gleichzeitig die Fäustlinge anzog. »Ich will nur etwas Wasser holen.«

Er nahm die leeren Eimer und Töpfe und öffnete die Tür. Dabei warf er einen Blick auf sie zurück.

»Und vergiß nicht, Herrn ... hm ... Herrn Haythorne zu erzählen, wer ich bin.«

Meßner zerschlug die Kruste, die sich im Laufe einer Stunde auf dem Wasser gebildet hatte, und füllte seine Eimer. Aber er kehrte nicht gleich nach der Hütte zurück. Er ließ die Eimer am Wege stehen und ging schnell auf und nieder, um nicht zu frieren, denn die Kälte biß wie Feuer in seiner Haut. Sein Bart war von dem gefrorenen Atem schon wieder ganz weiß geworden, als die erstaunten und zornigen Brauen endlich zur Ruhe kamen und sein Gesicht einen Ausdruck von Entschlossenheit annahm. Er hatte sich entschieden und wußte, welchen Weg er gehen sollte. Seine kalten Lippen und Wangen verzerrten sich zu einem Lächeln, als er daran dachte. Es hatte sich schon eine Eisschicht auf den Eimern gebildet, als er sie aufnahm und sich nach der Hütte begab.

Als er eintrat, sah er, daß der andere auf ihn wartete. Er stand am Ofen und sein Benehmen war von einer gewissen steifen, unbeholfenen Unsicherheit geprägt.

Meßner stellte seine Eimer und Töpfe nieder.

»Freut mich, Ihre Bekanntschaft zu machen, Graham Womble«, sagte er in konventionellem Ton, als ob sie einander vorgestellt wären.

Aber er reichte dem andern nicht die Hand. Womble seinerseits blickte ihn unfroh an. Er fühlte gegen Meßner den Haß, den man immer geneigt ist, gegen den zu empfinden, dem man ein Unrecht angetan hat.

»Sie sind also der Kerl«, sagte Meßner mit betontem Erstaunen. »Na, sehr gut ... sehen Sie, ich freue mich tatsächlich, Sie kennenzulernen. Ich bin etwas ... na, etwas neugierig darauf gewesen, was Theresa an Ihnen gefunden hat ... wo, sozusagen, das Verführerische in Ihnen stecke. Na ja.«

Und er blickte den anderen von oben bis unten an, ungefähr wie ein Pferd, das man kaufen will.

»Ich weiß natürlich, was Sie mir gegenüber empfinden müssen«, begann der andere.

»Reden wir nicht davon«, unterbrach ihn Meßner mit übertriebener Herzlichkeit in Stimme und Benehmen. »Reden wir nicht davon. Was ich wissen möchte, ist, wie Sie Theresa finden? Entspricht sie Ihren Erwartungen? Hat sie sich gut aufgeführt? Ist das Leben seitdem nur ein glücklicher Traum gewesen?«

»Sei nicht so dumm«, unterbrach ihn Theresa.

»So bin ich nun mal«, klagte Meßner.

»Sie können sehr gut einsichtig und praktisch dabei sein«, sagte Womble scharf. »Wir möchten jetzt gern wissen, was Sie zu tun gedenken?«

Meßner machte eine gutgelungene Bewegung völliger Hilflosigkeit. »Ich weiß wirklich nicht. Es ist eine von den unvorhergesehenen Situationen, auf die man sich nicht vorbereiten kann.«

»Wir können nicht alle drei hier in der Hütte bleiben.«

Meßner nickte beifällig.

»Einer von uns muß gehen.«

»Das steht fest«, stimmte Meßner ihm bei. »Wenn drei nicht denselben Raum zur selben Zeit einnehmen können, muß einer von ihnen verschwinden.«

»Und dieser Eine sind Sie«, erklärte Womble barsch. »Es sind nur zehn Meilen bis zum nächsten Lager, und das können Sie ohne Schwierigkeit machen.«

»Hier steckt der erste Fehler in Ihrer Folgerung«, wandte Meßner ein. »Warum soll gerade ich es sein, der gehen muß? Ich habe diese Hütte zuerst gefunden.«

»Aber Teß kann doch nicht gehen«, erklärte Womble. »Ihre Lunge ist schon angegriffen.«

»Da haben Sie natürlich recht. Sie kann in dieser Kälte keine zehn Meilen riskieren. Sie muß also auf jeden Fall hierbleiben.«

»Dann ist es also, wie ich gesagt habe«, erklärte Womble in einem Ton, der die Aussprache abschließen sollte.

Meßner räusperte sich. »Ihre Lunge ist doch ganz in Ordnung, nicht wahr?«

»Ja, natürlich, aber was hat meine Lunge damit zu tun?«

Wieder räusperte der andere sich und begann dann mit peinlicher und überlegener Gelassenheit zu sprechen.

»Mein Gott, gar nichts, nur – na, daß es eben, wie Sie selbst sagen, keinen Grund gibt, warum Sie die Kälte nicht ertragen sollten, jedenfalls die schäbigen zehn Meilen. Das ist für Sie doch keine Schwierigkeit.«

Womble warf Theresa einen schnellen, mißtrauischen Blick zu und entdeckte in ihren Augen eine Andeutung von belustigter Ueberraschung.

»Nun?« fragte er.

Sie zögerte, und eine Welle von Zorn verdunkelte ihr Gesicht. Er wandte sich zu Meßner.

»Genug damit. Hier können Sie nicht bleiben.«

»Selbstverständlich kann ich.«

»Ich würde es nicht zugeben.« Womble zuckte geringschätzig die Schultern. »Die Entscheidung hier treffe ich.«

»Ich werde aber trotzdem bleiben«, beharrte der andere.

»Dann werde ich Sie hinauswerfen.«

»Dann werde ich wiederkommen.«

Womble machte eine Pause; um seine Stimme zu festigen und die Selbstbeherrschung wiederzugewinnen. Dann begann er langsam und mit leiser, nervöser Stimme zu sprechen.

»Sehen Sie, Meßner, wenn Sie es ablehnen, von hier wegzugehen, muß ich Sie verprügeln. Wir sind hier nicht in Kalifornien. Ich werde Sie mit meinen Fäusten zu Brei schlagen.«

Meßner zuckte die Achseln.

»Wenn Sie das tun, werde ich eine Versammlung der Goldgräber einberufen und das Vergnügen haben, Sie an einem Strick am nächsten Baum baumeln zu sehen. Wie Sie ganz richtig bemerken, sind wir hier nicht in Kalifornien. Es sind einfache Leute, die Goldgräber hier, und ich brauche nichts zu tun, als ihnen die Merkmale der Schläge zu zeigen, die Wahrheit über Sie zu erzählen und ihnen meine Ansprüche auf meine Frau vorzutragen.«

Die Frau machte einen Versuch zu sprechen, aber Womble wandte sich heftig zu ihr.

»Du verhältst dich ruhig«, rief er.

In scharfem Gegensatz dazu standen die Worte Meßners: »Bitte misch dich nicht hinein, Theresa.«'

Wie es sich auch mit ihrem Zorn verhielt, jedenfalls wurde ihre Lunge so gereizt, daß sie einen Anfall von dem trockenen, harten Husten bekam. Sie stand, mit gerötetem Gesicht und die Hand gegen die Brust gepreßt, da und wartete, bis der Hustenkrampf vorbei war.

Womble warf ihr einen düsteren Blick zu, während er auf ihren Husten lauschte.

»Es muß etwas geschehen«, sagte er. »Ihre Lunge darf nicht der Kälte ausgesetzt werden. Sie darf nicht hinausgehen, ehe es wärmer geworden ist. Und ich verzichte nicht auf sie.«

Meßner räusperte sich, spie aus, räusperte sich wieder, wie um sich zu entschuldigen, und sagte dann: »Ich brauche etwas Geld.«

Im selben Augenblick zeigte sich Verachtung in Wombles Gesicht. Endlich hatte der andere sich erniedrigt und noch elender gemacht, als er selber war.

»Sie haben doch einen tüchtigen Beutel mit Gold«, fuhr Meßner fort. »Ich habe gesehen, wie Sie ihn vom Schlitten nahmen.«

»Wieviel wollen Sie denn haben?« fragte Womble und in seiner Stimme lag ebensoviel Verachtung wie in seinem Gesicht.

»Ich habe eine kleine Schätzung von dem Beutel vorgenommen, und ich sollte meinen ... hm ... ich sollte meinen, daß er ungefähr zwanzig Pfund wiegt. Was würden Sie sagen, wenn wir die Geschichte auf viertausend schätzen?«

»Aber das ist ja alles, was ich besitze, Mensch!« rief Womble.

»Dafür haben Sie sie ja bekommen«, sagte der andere schlau. »Soviel muß sie Ihnen doch wohl wert sein. Denken Sie, was ich dabei aufgebe. Es ist sicher ein angemessener Preis.«

»Gut!« Womble stürzte durch das Zimmer, um den Goldbeutel zu holen. »Es eilt mir, mit Ihnen fertig zu werden, Sie giftiges Gewürm!«

»Jetzt irren Sie sich« lautete die lächelnde Antwort. »In sittlicher Beziehung ist der Mann, der eine Bestechung gibt, genau so schlecht wie der, welcher sie nimmt. Der Hehler ist ebenso schlimm wie der Stehler, wissen Sie ja. Und Sie haben gar keinen Grund, sich damit zu trösten, daß Sie bei diesem kleinen Geschäft der moralisch Ueberlegene sind.«

»Zur Hölle mit Ihrer Sittlichkeit ...« brach es aus dem anderen heraus. »Kommen Sie jetzt schnell und überwachen Sie selbst das Wiegen des Goldes. Ich könnte Sie ja vielleicht betrügen.«

Und die Frau stand in ohnmächtiger Wut an die Schlafstelle gelehnt, dabei und beobachtete, wie sie selbst in Gestalt von gelbem Staub und Goldklumpen auf die Waage gelegt wurde, die auf die Proviantkiste gestellt war. Die Waage war nur klein, und es war deshalb notwendig, die Schale immer wieder zu füllen. Aber Meßner kontrollierte die Arbeit mit pedantischer Genauigkeit.

»Es ist zuviel Silber dazwischen«, bemerkte er, als er den Goldsack wieder zuband. »Ich glaube nicht, daß es volle sechszehn Dollar die Unze gibt. Sie sind etwas besser dabei weggekommen als ich, Womble.«

Er hob den Sack liebevoll auf und trug ihn mit gehöriger Hochschätzung des wertvollen Inhaltes zu seinem Schlitten hinaus. Dann kehrte er zurück, nahm seine Kannen und Töpfe, verpackte alles in der Proviantkiste und rollte seine Bettdecken zusammen. Als der Schlitten geladen und die Hunde angeschirrt waren, kehrte er noch einmal in die Hütte zurück, um seine Fäustlinge zu holen.

»Guten Abend, Teß«, sagte er, als er in der Tür stand.

Sie wandte ihm ihr Gesicht zu und rang nach Worten, war aber zu erregt, um der Leidenschaft, die in ihr tobte, Ausdruck verleihen zu können.

»Guten Abend, Teß«, sagte er, als er in der offenen Tür stand.

»Bestie!« gelang es ihr hervorzustoßen.

Dann drehte sie sich um, wankte zum Bett hin und warf sich darauf. Sie barg ihr Gesicht in die Decke und schluchzte: »Ihr Bestien! O ihr Bestien!«

John Meßner schloß leise die Tür hinter sich, und als er die Hunde angetrieben hatte, warf er einen letzten Blick auf die Hütte, während große Erleichterung in seinem Gesicht geschrieben stand. Er ließ den Schlitten wieder am Fuße des Abhangs neben dem Wasserloch halten. Er zog den Goldbeutel unter den Riemen hervor und trug ihn zum Wasserloch. Es hatte sich schon eine neue Schicht von Eis darauf gebildet. Er zerschlug sie mit der Faust. Dann löste er den Knoten, der den Beutel schloß, mit den Zähnen und schüttete den ganzen Inhalt in das Wasser. An dieser Stelle war der Fluß sehr seicht und zwei Fuß unter der Oberfläche konnte er das gelbe Gold auf dem Grunde düster glänzen sehen. Er spie in das Loch hinein.

Dann ließ er die Hunde den Weg am Yukon entlanglaufen. Sie heulten müde und zeigten keine Lust zur Arbeit. Er selbst klammerte sich mit der rechten Hand an die Lenkstange. Mit der Linken rieb er sich Nase und Wangen. Als die Hunde um eine Ecke bogen, stolperte er über das Seil.

»Vorwärts, ihr armen, wundfüßigen Tiere!« rief er. »Immer vorwärts!«

Der König und sein Schamane

Die Zuverlässigkeit von Thomas Stevens mag man als die unbekannte Größe lassen, und seine Einbildungskraft mag die eines normalen Mannes hundertfach übersteigen – aber das eine muß man ihm wenigstens lassen: Nie hat er ein Wort gesagt oder eine Tat berichtet, die ihn ohne weiteres als tatsächlichen Lügner gebrandmarkt hätte. Möglich, daß er bisweilen bis an die Grenze der Wahrscheinlichkeit ging, aber man muß zugeben, daß das Gefüge seiner Erzählungen nie einen Sprung aufgewiesen hat. Kein Mensch kann leugnen, daß er das Nordland wie ein Buch kannte. Daß er ein großer Wanderer war und seinen Fuß auf unzählige unbekannte Pfade setzte, wird durch viele Beweise bekräftigt. Ganz abgesehen von meinen persönlichen Erfahrungen weiß ich, daß viele Männer ihn rings in der Welt getroffen haben, im großen ganzen aber stets an den Grenzen des Niemandslandes. Da war z. B. Johnson, der frühere Faktoreileiter der Hudson Bay Company, der ihn in seiner Faktorei in Labrador beherbergte, bis seine Hunde ein bißchen ausgeruht waren und er wieder imstande war, weiterzureisen. Oder Mc Mahon, der Vertreter der Alaskaer Handelsgesellschaft, der ihn mehrfach in Dutch Harbour getroffen hatte und ihn später auf irgendeiner Insel der Aleuten sah. Es war nicht zu bestreiten, daß er eine der ersten Vermessungsexpeditionen der USA geleitet hatte, und die Geschichte bestätigt tatsächlich, daß er auch in der Western Union gearbeitet hatte, als sie den Versuch machte, eine Telegraphenlinie durch Alaska und Sibirien zu legen. Ferner war da der Walfängerkapitän Joe Lamson, der, vom Eis eingeschlossen, in der Mündung des Mackenzie lag und ihn als Gast an Bord hatte, als er gekommen war, um Tabak zu kaufen.

Gerade diese Begegnung beweist unumstößlich, daß es sich wirklich um Thomas Stevens gehandelt hat. Er forschte ewig und unermüdlich nach Tabak. Ehe wir uns noch richtig kannten, hatte ich schon gelernt, ihn mit der einen Hand zu begrüßen und ihm gleichzeitig mit der andern den Tabaksbeutel zu reichen. Als ich ihn aber nachts in der Wirtschaft von

John O'Brien in Dawson traf, war sein Kopf in Rauchwolken einer Fünfzig-Cents-Zigarre gehüllt und statt meines Tabakbeutels bat er um meinen Goldbeutel. Wir standen am Pharaotisch, und er setzte immerfort auf die »höchste Karte«. »Fünfzig«, sagte er, und der Croupier nickte bloß. Die Karte wurde aufgelegt, und er gab mir meinen Beutel wieder, verlangte eine Abrechnung und zog mich mit zur Waage, wo der Angestellte ihm gleichgültig fünfzig Dollar in Goldstaub auszahlte.

»Und jetzt wollen wir eins trinken«, sagte er, als wir dann an der Bar standen, und hob sein Glas. »Das erinnert mich an ein Gesöff, das ich mal oben in Tattarat zusammengebraut hatte. Nein, Sie kennen den Ort nicht, und er ist auch auf keiner Karte verzeichnet. Er liegt am Rande des Nördlichen Eismeers, nicht viele hundert Meilen von der amerikanischen Küste entfernt, und es leben dort ungefähr ein halbes Tausend gottverfluchte Seelen, die heiraten, Kinder kriegen, zwischendurch darben und schließlich verrecken. Die Forschungsreisenden haben sie übersehen, und bei der Volkszählung von 1890 sind sie auch nicht berücksichtigt. Ein Walfänger wurde dort mal vom Eis eingeschlossen, aber die Mannschaft, die über das Eis an Land ging, wanderte südwärts, und man hat nie wieder etwas von ihr gehört.«

»Aber es war eine große Sache, die wir da brauten, Moosu und ich«, fügte er einen Augenblick später mit der allerleisesten Andeutung eines Seufzers hinzu.

Ich wußte, daß sich hinter diesem Seufzer große Taten und wilde Geschehnisse verbargen. Ich zog ihn deshalb in eine Ecke zwischen einem Roulette- und einem Pokertisch und wartete ab, daß seine Zunge auftauen sollte.

»Ich hatte nur einen Einwand gegen Moosu«, begann er und hob unwillkürlich nachdenklich den Kopf: »Einen Einwand und nur den einen. Er war Indianer und stammte von der Grenze des Tchippewählandes, aber das Schlimme war, daß er verschiedene Bruchstücke aus der Bibel aufgelesen hatte. Er hatte einen Sommer in einem Lager mit einem französischen Renegaten, der Theologie studierte, gelebt. Moosu hatte nie angewandtes Christentum gesehen, und sein Kopf war ganz vollgestopft mit Wundern und Schlachten, Gottes Fügung und allen möglichen anderen Geschichten, die er nicht verstand. Im übrigen war er ein ausgezeichneter Bursche und ein tüchtiger Mann, sowohl unterwegs wie am Feuer.

Wir hatten eine schwere Zeit hinter uns, und es ging uns verdammt dreckig, als wir unerwartet in Tattarat hineinplumpsten. Unsere Ausrüstung und unsere Hunde hatten wir verloren, als wir bei einem Herbststurm eine Wasserscheide überschritten, und unsere Mägen waren leer und die Kleider die reinen Lumpen, als wir im Fort angekrochen kamen. Sie waren gar nicht so sehr verwundert, als sie uns sahen – wegen der Waljäger –, aber sie gaben uns die schlechteste Hütte zum Wohnen und den schlimmsten Dreck, den sie hatten, zum Essen. Was mir damals als sehr merkwürdig auffiel, war, daß sie uns in strengster Absonderung hielten. Aber Moosu erklärte mir den Zusammenhang.

»Schamane krank tumtum«, sagte er und meinte damit, daß der Schamane oder Medizinmann eifersüchtig war und dem Volke gesagt hatte, daß es nicht mit uns verkehren durfte. Aus dem Wenigen, was er von den Walfängern gesehen hatte, wußte er, daß meine Rasse stärker und weiser war, und folglich hatte er als Schamane so gehandelt, wie die Schamanen auf der ganzen Welt handeln. Und bevor ich fertig bin, werden Sie auch erkannt haben, wie nahe er der Wahrheit kam.

»Diese Leute haben ein Gesetz«, sagte Moosu, »daß jeder, der Fleisch ißt, auch auf die Jagd gehen muß. Wir beide, o Herr und Meister, wissen nicht sehr geschickt mit den Waffen dieses Landes umzugehen, wir können nicht mit Bogen schießen und mit Speeren nach der bewahrten Weise werfen. Deshalb haben der Schamane und Tummasook, der Häuptling, die Köpfe zusammengesteckt und bestimmt, daß wir mit den Frauen und den Kindern zusammen das Fleisch ins Dorf bringen und für die Bedürfnisse der Jäger sorgen sollen.«

»Das ist sehr unrecht«, sagte ich zu ihm. »Denn wir sind Männer, die besser sind als diese Menschen, die in der Finsternis wandeln, Moosu. Außerdem wollen wir ausruhen und

Kräfte sammeln, denn der Weg nach dem Süden ist weit und hoffnungslos für den Schwachen.

»Aber wir haben ja nichts«, wandte er ein, und er sah sich in dem zerfallenen Iglu um, und der Gestank von dem alten Walfleisch, das unser Abendessen ausgemacht hatte, füllte unsere Nasen mit Ekel. »Bei diesem Essen können wir uns nie erholen. Wir haben nichts als die Flasche mit dem ›Schmerzenstöter‹, die unsere Leere nicht füllen kann. Wir müssen uns deshalb unter das Joch der Ungläubigen beugen und Wasser holen und Brennholz schlagen. Und doch gibt es herrliche Dinge hier am Ort, die wir nicht haben und nicht bekommen können. Oh, Herr, nie hat meine Nase mich belogen, und ich bin ihr nach geheimen Verstecken und zu den Pelzhaufen in den Iglus gefolgt. Guten Proviant hat dieses Volk den armen Walmännern entlockt, und diese Lebensmittel sind nur in wenige Hände verteilt. Das Weib Ipsukuk, das am anderen Ende des Dorfes neben der Hütte des Häuptlings wohnt, besitzt sehr viel Mehl und Zucker, und soeben haben meine Augen mir von dem Syrup erzählt, mit dem sie sich das Gesicht beschmiert hat. Und in dem Iglu des Häuptlings Tummasook gibt es sogar Tee – habe ich nicht gesehen, wie das alte Schwein sich damit vollsoff? Und der Schamane besitzt eine ganze Kiste ›Star‹ und zwei Pakete prima Rauchtabak. Und was haben wir? Nichts. Gar nichts!«

Ich war aber ganz gelähmt bei dem Gedanken an den Tabak, den er erwähnt hatte, und vermochte nichts zu sagen.

Moosu brach das Schweigen und sprach von dem, was seine Sehnsucht war: »Und dann ist da Tukelitha, die Tochter eines großen Jägers und reichen Mannes. Ein herrliches Mädchen. Wirklich, ein sehr schönes Mädchen.«

Die ganze Nacht zerbrach ich mir den Kopf, während Moosu schnarchte, denn ich konnte den Gedanken an den Tabak, der so nahe war, und den ich doch nicht rauchen konnte, nicht ertragen. Es stimmte ja: wir hatten nichts. Aber dennoch wurde mir unser Weg klar, und als der Morgen gekommen war, sagte ich zu ihm: »Geh auf die Straße hinaus, wie du zu tun pflegst, und verschaffe mir irgendeinen Knochen, der wie ein Gänsehals gebogen sein muß und dazu hohl

149

ist. Geh demütig und bescheiden umher, aber halte die Augen offen und sieh, wo die Töpfe und Pfannen und Kochgeräte liegen. Und vergiß nicht, daß ich die Weisheit des weißen Mannes besitze. Tue alles, was ich. dir befehle, und tue es sicher und schnell.«

Als er gegangen war, stellte ich die Lampe mit Walöl mitten in den Iglu und schob die zerlumpten Pelzdecken beiseite, um Platz zu bekommen. Dann nahm ich sein Gewehr auseinander, legte den Lauf so, daß er leicht zu ergreifen war, und flocht viele Dochte aus der Pappelwolle, die die Frauen im Sommer sammeln. Als er wiederkam, brachte er mir den Knochen, um den ich gebeten hatte, und teilte mir auch mit, daß im Iglu des Häuptlings Tummasook eine Fünfliterkanne Petroleum und ein großer Kupferkessel ständen. Deshalb sagte ich, daß er gut gearbeitet hätte, und daß wir uns für den Rest des Tages ruhig verhalten könnten. Und als es Mitternacht geworden war, hielt ich ihm eine längere Rede.

»Dieser Häuptling Tummasook hat also einen Kupferkessel und eine Petroleumkanne.« Ich legte gleichzeitig einen von den Wellen glatt und rund gewaschenen Stein in seine Hand. »Das Lager ist still, und die Sterne flimmern am Himmel. Geh jetzt, krieche ganz leise in die Hütte des Häuptlings und wirf ihm diesen Stein auf den Bauch, aber hart! Laß das Fleisch und die guten Lebensmittel der kommenden Tage Kraft in deinen Arm legen. Es wird Aufruhr und Geschrei geben und das ganze Dorf wird auf die Beine kommen. Aber fürchte dich nicht. Verhülle deine Bewegungen und verschwinde in der Dunkelheit der Nacht und der Verwirrung der Männer. Und wenn das Weib Ipsukuk – sie, die ihr Gesicht mit Syrup beschmiert – in deiner Nähe ist, dann schlage sie auch und so jeden, der Mehl besitzt und in deine Nähe kommt. Dann erhebe deine Stimme in Schmerz und Qual, krümme dich mit geballten Fäusten und gib Zeichen, daß auch du von der Prüfung in dieser Nacht heimgesucht worden bist. Und auf diese Weise werden wir Ehre und großen Reichtum erwerben und auch die Kiste mit ›Star‹ und den feinen Tabak und deine Tukelitha, die ein liebes Mädel ist.«

Als er gegangen war, um den Auftrag auszuführen, wartete ich geduldig in der Hütte, und der Tabak schien mir in großer Nähe zu sein. Dann hörte man einen Angstschrei durch die Nacht, worauf wilde Unruhe entstand und sich gegen den Himmel erhob. Ich ergriff den »Schmerztöter« und stürzte hinaus. Es gab viel Lärm und Wimmern unter den Frauen, und die Furcht drückte alle schwer. Tummasook und das Weib Ipsukuk wälzten sich in Schmerzen am Boden und viele andere mit ihnen, darunter auch Moosu. Ich schleuderte alle beiseite, die sich vor meinen Füßen wälzten, und setzte Moosu die geöffnete Flasche an den Mund. Und sofort befand er sich wieder wohl und hörte auf zu heulen. Hierauf riefen alle anderen Leidenden nach der Flasche. Aber ich hielt ihnen eine Rede, und ehe sie kosten durften und geheilt wurden, hatte ich Tummasook seinen kupfernen Kessel und seine Kerosenkanne, dem Weibe Ipsukuk ihren Zucker und Syrup und den anderen Kranken viel Mehl abgeknöpft. Der Schamane warf denen, die um mich herum lagen, böse Blicke zu, wenn er auch sein Staunen kaum verhehlte. Ich aber hielt den Kopf hoch, und Moosu ächzte unter der Beute, als er mich nach unserer Hütte begleitete.

Hier machte ich mich gleich an die Arbeit. In Tummasooks kupfernem Kessel mischte ich drei Quart Weizenmehl mit fünf Viertel Gallonen Syrup und tat zwanzig Quart Wasser hinzu. Dann stellte ich den Kessel in die Nähe der Lampe, damit der Inhalt in der Wärme gor und stark wurde. Moosu verstand mich und erklärte, meine Weisheit überträfe allen Verstand und wäre größer als die Salomos, von dem er gehört hätte, daß er ein sehr weiser Mann in alten Zeiten gewesen sei. Die Petroleumkanne setzte ich über die Lampe, befestigte an ihrer Tülle ein Mundstück und steckte den Knochen hinein, der wie ein Schwanenhals gebogen war. Ich ließ Moosu Eis zerschlagen, verband unterdessen den Lauf seiner Büchse mit dem Schwanenhals und häufte dann um die Mitte des Laufes das Eis auf, das er zerschlagen hatte. Und ans andere Ende des Gewehrlaufs – also außerhalb der Eispackung – stellte ich einen kleinen eisernen Topf. Als das Gebräu stark genug war (es dauerte zwei Tage, bevor es auf eigenen Füßen stehen konnte), goß ich es in die Petroleumkanne und zündete die Dochte an, die ich gedreht hatte.

Als alles fertig war, sagte ich zu Moosu: »Geh und besuche die vornehmsten Männer des Dorfes, überbringe ihnen meinen Gruß und lade sie ein, in meine Hütte zu kommen und die Nacht mit mir und den Göttern zu verbringen.«

Das Gebräu summte schon heiter, als sie den ledernen Vorhang beiseite schoben und in meinen Iglu gekrochen kamen. Ich war gerade dabei, viel zerkleinertes Eis um den Gewehrlauf zu legen. Aus dem Loch am anderen Ende kochte es über und tripp, tripp, tripp tropfte die Flüssigkeit in den eisernen Topf. Schnaps, verstehen Sie. Aber die Leute hatten nie etwas Aehnliches gesehen, und sie kicherten aufgeregt, als ich ihnen eine Rede über die hervorragenden Eigenschaften dieses Getränkes hielt. Während ich sprach, bemerkte ich die Eifersucht in den Augen des Schamanen. Als ich fertig war, setzte ich ihn deshalb neben Tummasook und das Weib Ipsukuk. Dann gab ich ihnen zu trinken, und ihre Augen wurden feucht und ihre Mägen warm, bis sie keine Furcht mehr hatten, sondern gierig um mehr baten. Und als ich sie auf diese Weise angekurbelt hatte, wandte ich mich zu den anderen. Tummasook begann damit zu prahlen, daß er einmal einen Eisbär getötet hatte, und er machte dabei so eifrige Bewegungen, daß er beinahe den Bruder seiner Mutter geschlagen hätte. Aber keiner achtete darauf. Das Weib Ipsukuk weinte über einen Sohn, den sie vor Jahren auf dem Eise verloren hatte, und der Schamane begann zu beschwören und zu prophezeien. So ging es weiter, und noch ehe es Morgen geworden war, lagen sie alle berauscht auf der Erde und schliefen laut schnarchend bei den Göttern.

Die Geschichte ist ja klar, nicht wahr? Die Neuheit von dem magischen Getränk verbreitete sich schnell. Es war zu seltsam, um es mit Worten zu erklären. Die Zunge konnte nur einen kleinen Teil der Wunder berichten, die es vollbrachte. Es befreite von Schmerzen, milderte die Trauer, brachte die Erinnerung an vergangene Zeiten wieder, machte alte, längst verstorbene Menschen und vergessene Träume wieder lebendig. Es war ein Feuer, das sich ins Blut hineinfraß, und das brannte, ohne zu verbrennen. Es stärkte das Herz und steifte den Rücken ab und machte Männer zu mehr als Menschen. Es enthüllte die Zukunft und schenkte Gesichte und Prophezeiungen. Es war übervoll von Weisheit und enthüllten Geheimnissen. Der Dinge, die es vollbringen konnte, war kein Ende, und es dauerte nicht lange, so schrien alle, daß sie bei den Göttern schlafen wollten. Sie brachten ihre wärmsten Pelze, ihre stärksten Hunde, ihr bestes Fleisch. Aber ich verkaufte den Schnaps mit Verstand, und nur der Wunsch derer wurde erfüllt, die mir Mehl, Syrup und Zucker brachten. Und solche Mengen strömten herbei, daß ich Moosu befahl, eine eigene Hütte zu bauen, die alles aufnehmen könnte, denn in meinem Iglu war bald kein Platz mehr. Ehe drei Tage vergangen waren, war Tummasook ruiniert. Der Schamane, der sich nach der ersten Nacht nie mehr als halb betrank, beobachtete mich scharf, und versuchte, hinter mein Geheimnis zu kommen. Aber ehe zehn Tage vergangen waren, hatte selbst das Weib Ipsukuk alles fortgegeben und mußte elend und taumelnd nach Hause gehen.

Moosu aber beklagte sich: »O Meister und Herr«, sagte er. »Wir haben große Reichtümer an Syrup und Zucker und Mehl gesammelt, aber unsere Hütte ist immer noch schmutzig, unsere Kleider sind dünn und unsere Schlafsäcke räudig. Der Magen schreit nach einem Fleisch, dessen Gestank nicht die Sterne des Himmels beleidigt, und nach Tee von der Art, wie Tummasook ihn säuft, und ich habe große Sehnsucht nach dem Tabak Neewaks, welcher Schamane ist und Pläne schmiedet, um uns zu vernichten. Ich habe Mehl, daß einem übel werden kann, und Zucker und Syrup ohne Grenzen – und dennoch ist das Herz Moosus traurig, und sein Bett ist leer ...«

»Still«, antwortete ich. »Du hast nur einen schwachen Verstand und bist ein Trottel. Geh leise und warte ab, und wir werden alles haben. Nehmen wir jetzt, so bekommen wir nur wenig, und zum Schluß wird es gar nichts sein. Du bist nur ein Kind gegen die Weisheit weißer Männer. Halte deinen Mund und warte ab, und ich werde dir die Wege zeigen, die meine Brüder in fernen Ländern gehen, und wenn sie diese

Wege gehen, raffen sie alle Reichtümer der Welt zusammen. Das ist es, was man › *Geschäft* ‹ nennt – und was verstehst du vom Geschäft?«

Aber am nächsten Tage kam er atemlos in die Hütte gelaufen. »Oh, Meister, etwas Seltsames habe ich in der Hütte Newaks, des Schamanen, erblickt. Jetzt sind wir verloren und haben weder die warmen Pelze getragen, noch den guten Tabak gekostet, und alles ist die Folge davon, daß du so auf Zucker und Mehl versessen bist. Geh selber hin und überzeuge dich, während ich das Gebräu überwache.«

Also ging ich nach der Hütte Newaks. Und bei Gott, er hatte seine eigene Destille, die mit kundiger Hand der meinen nachgebildet war. Und als er mich erblickte, konnte er seinen Triumph kaum verbergen. Denn er war ein kluger Mann, und wenn er sich in meinem Iglu aufgehalten hatte, war sein Schlaf nicht fest gewesen.

Ich aber war gar nicht beunruhigt, denn ich wußte, was ich wußte, und als ich wieder in meinem Iglu war, sang ich Moosu ein neues Lied vor und sagte: »Glücklicherweise hat unter diesem Volke das Eigentumsrecht Gültigkeit, wenn es auch sonst nur mit wenigen menschlichen Einrichtungen gesegnet ist. Und dank dieser Verehrung des Eigentumsrechtes werden du und ich fett werden und dazu noch andere Einrichtungen bei ihnen einführen, die andere Völker erst nach langen Leiden und schwerer Arbeit geschaffen haben.«

Aber Moosu verstand mich nur halb, bis der Schamane eines Tages kam und mit funkelnden Augen und drohendem Klang in der Stimme verlangte, daß ich mit ihm ein Tauschgeschäft machen sollte. »Denn siehst du«, schrie er, »es gibt keinen Syrup und keinen Zucker mehr im Dorfe. Du hast alles meinem Volke, wenn es bei deinen Göttern schlief, mit schlauer Hand abgenommen, und jetzt haben sie nichts als dicke Köpfe und weiche Knie und einen Durst nach kaltem Wasser, den sie nicht stillen können. Das ist nicht gut, und meine Stimme hat Macht unter ihnen, so daß es für dich gesund wäre, wenn du mit mir handeltest und Mehl und Zucker mit mir austauschtest, wie du es mit ihnen getan hast.«

Und ich gab ihm zur Antwort: »Deine Rede ist eine gute Rede, und Weisheit wohnt in deinem Munde. Wir werden Tauschhandel miteinander treiben. Für dieses Mehl und diesen Syrup gibst du mir deine Kiste ›Star‹ und zwei Pakete Tabak.«

Und Moosu seufzte, und als das Geschäft erledigt und der Schamane verschwunden war, machte er mir Vorwürfe: »Jetzt sind wir, dank deiner Verrücktheit, ganz verloren. Newak macht für eigene Rechnung Schnaps, und wenn die Zeit reif ist, wird er dem Volke befehlen, keinen anderen Schnaps als seinen zu trinken. Und auf diese Weise sind wir erledigt und unsere Waren wertlos, unsere Hütte widerlich und das Bett Moosus kalt und leer!«

Und ich gab ihm zur Antwort: »Beim Leibe des Wolfs, sage ich dir, daß du ein Tor bist und daß dein Vater es vor dir war und daß deine Kinder es nach dir bleiben werden und zwar bis zur letzten Generation. Deine Weisheit ist schlimmer als gar keine Weisheit, und deine Augen sind blind, wenn es sich um das Geschäft handelt, von dem ich gesprochen habe, und von dem du nichts verstehst. Geh, du Sohn von tausend Narren, trinke von dem Schnaps, den Newak in seiner Hütte braut und danke deinen Göttern, daß hinter dir die Weisheit eines weißen Mannes steht, die das Bett, in dem du liegst, weich macht. Geh – und wenn du getrunken hast, dann komm wieder, während du noch den Geschmack auf den Lippen hast, damit ich Bescheid wisse ...«

Und zwei Tage später schickte Newak mir Gruß und Einladung, in sein Iglu zu kommen. Moosu ging hin, aber ich blieb allein sitzen, das Summen der Destille in meinen Ohren und die Luft dick vom Tabak des Schamanen. Denn der Absatz war nur gering an diesem Abend und kein anderer als Angeit, ein junger Jäger, der mir Vertrauen schenkte, kam zu mir. Später kehrte Moosu zurück. Seine Rede war ganz unverständlich vom Kichern, und seine Augen zwinkerten vor Vergnügen.

»Du bist ein großer Mann«, sagte er. »Du bist wahrhaftig ein großer Mann, o Meister, und dank deiner Größe wirst du deinen Diener Moosu nicht schelten, weil er oft zweifelt und nicht immer versteht!«

»Und warum denn jetzt?« fragte ich. »Hast du zuviel getrunken? Und schlafen sie alle tief im Iglu Newaks, des Schamanen?«

Nein, sie sind alle zornig und krank. Und Häuptling Tummasook hat seine Daumen in die Kehle Newaks gedrückt und bei den Knochen seiner Vorfahren geschworen, daß er sein Gesicht nie mehr anblicken werde. Denn sieh! Ich kam nach dem Iglu, und das Gebräu kochte und zischte, und der Dampf wanderte durch den Schwanenhals, genau wie der Dampf bei dir wurde er auch, sobald er das Eis traf, zu Wasser und träufelte dann in den Topf am andern Ende. Und Newak gab uns zu trinken, aber sieh, es war nicht wie dein Getränk, denn es brannte nicht auf der Zunge und brachte nicht die Augen zum Rollen und, um die Wahrheit zu sagen, war es nur Wasser. So tranken wir also, und wir tranken überaus viel, aber wir saßen immer noch mit kalten Herzen und feierlich da. Und Newak war ganz verblüfft und über seine Brauen legte sich eine Wolke. Und er wählte Tummasook und Ipsukuk von allen aus, nahm sie beiseite und lud sie ein, zu trinken, zu trinken und immer wieder zu trinken. Und sie tranken auch und saßen doch kalt und feierlich da, bis Tummasook in Zorn aufstand und die Pelze und den Tee zurückforderte, die er bezahlt hatte. Und Ipsukuk erhob ihre Stimme, kreischend und zornig. Und die ganze Gesellschaft forderte alles, was sie gegeben hatte, zurück, und es herrschte große Erregung.«

»Glaubt denn dieser Hundesohn, daß ich ein Walfisch bin?« fragte Tummasook, als er den Türvorhang beiseite schob und aufrecht dastand. Und sein Gesicht war dunkel und seine Brauen waren zornig. »Ich bin voll wie eine Fischblase, zum Bersten voll; ich kann kaum gehen, weil ich ein so großes Gewicht in mir trage. Ach! Ich habe getrunken wie noch nie in meinem Leben und doch sind meine Augen klar, meine Knie stark, und meine Hand ist sicher.«

»Der Schamane ist nicht imstande, uns bei den Göttern schlafen zu lassen«, klagte das Volk, das zu uns hereinströmte. »Nur in deinem Iglu wird es uns ermöglicht.«

Ich lachte vor mich hin, als ich den Schnaps anbot und die Gäste fröhlich wurden. Denn in mein Mehl, das ich dem Newak verkauft hatte, hatte ich Soda gemischt, das ich von dem Weibe Ipsukuk bekommen hatte. Wie hätte das Gebräu also gären können, wenn die Soda es in Ruhe hielt? Und wie hätte sein Schnaps Schnaps werden können, wenn er nicht gor?

Von diesem Augenblick an strömte der Reichtum ohne Pause und ohne Hindernis in unsere Hütte. Wir bekamen Pelze ohne Zahl und Handarbeiten der Frauen, den ganzen Tee des Häuptlings und Fleisch ohne Ende. Eines Tages erzählte Moosu zu meiner Erbauung die traurig verstümmelte Geschichte von Joseph in Aegypten, aber ich bekam einen guten Einfall dadurch, und bald war der halbe Stamm damit beschäftigt, große Fleischschuppen für mich zu errichten. Und von allem, was sie erbeuteten, bekam ich den Löwenanteil und speicherte es auf. Moosu war auch nicht faul. Er verfertigte Spielkarten aus Birkenrinde und lehrte Newak spielen. Er weihte auch den Vater Tukelithas in das Spiel ein. Und eines schönen Tages heiratete er das Mädchen, und am nächsten Tage zog er in die Hütte des Schamanen, die die beste Wohnung im Dorfe war. Der Sturz Newaks war vollständig, denn er verlor alles, was er besaß, seine Trommeln aus Walroßhaut, sein Beschwörungswerkzeug – kurz alles. Und schließlich mußte er Holz hacken und Wasser holen, wenn Moosu winkte oder rief. Und Moosu? Ja, der wurde schließlich aus eigener Macht Schamane oder Hoherpriester, und auf der Grundlage seiner mißverstandenen Bibel schuf er neue Götter und machte Beschwörungen vor höchst seltsamen Altären.

Und mir gefiel alles gut, denn ich hielt es für sehr gesund, daß Kirche und Staat Hand in Hand arbeiteten, und ich hatte gewisse Pläne bezüglich des Staates. Und es ging, wie ich vorausgesehen hatte. Das Volk war mürrisch und schwermütig geworden. Es gab Streit und Prügeleien, und Tag und

Nacht herrschte Unruhe. Moosus Karten waren vervielfältigt worden, und die Jäger begannen miteinander zu spielen. Tummasook prügelte seine Frau furchtbar und der Bruder seiner Mutter trat ihm entgegen und schlug ihn mit einem Walroßzahn, bis er laut durch die Nacht schrie und vor dem ganzen Volke beschämt wurde. Da man sich in solcher Weise zerstreute, konnte von der Jagd keine Rede sein, und so herrschte bald Hungersnot im Lande. Die Nächte waren lang und dunkel, und ohne Fleisch war kein Schnaps zu bekommen. Deshalb murrten alle gegen den Häuptling. Das hatte ich bezweckt, und als sie richtig hungrig waren, rief ich das ganze Dorf zusammen, hielt eine große Rede, spielte die Rolle des Patriarchen und gab den Hungrigen zu essen. Moosu hielt ebenfalls eine Rede, und die Folge war, daß man mich zum Häuptling wählte. Moosu, der das Ohr Gottes war, dessen Entschlüsse er mitteilte, salbte mich mit Walöl, aber er nahm etwas zuviel Oel, denn er hatte natürlich keine Ahnung von dem tieferen Sinn dieser Zeremonie. Gemeinsam erklärten wir dann dem Volke die neue Lehre vom göttlichen Recht der Könige. Hierauf gab es ein Fest mit Schnaps und Fleisch die Hülle und die Fülle, und sie unterwarfen sich ohne Murren der neuen Ordnung.

Du siehst also, o Mensch, daß ich auf dem Hochsitz gesessen, den Purpur getragen und ein Volk regiert habe. Und ich wäre aller Wahrscheinlichkeit nach heute noch König, wenn der Tabak länger gehalten hätte, oder wenn Moosu entweder ein größerer Tor oder ein geringerer Schuft gewesen wäre. Sein Blick fiel nämlich auf Esanetuk, die älteste Tochter Tummasooks, und ich widersetzte mich dem.

»O Bruder«, erklärte er. »Du hast es für richtig gehalten, von der Einführung neuer Einrichtungen bei diesem Volke zu reden, und ich habe deinen Worten gelauscht und Weisheit aus ihnen gesogen. Du bist Herrscher durch das von Gott gegebene Recht, und infolge des von Gott gegebenen Rechtes werde ich heiraten.«

Ich hörte, daß er mich »Bruder« nannte, was mich empörte, und ich wurde energisch. Aber er nahm seine Zuflucht zum Volke und machte drei Tage lang Beschwörungen, an denen alle teilnahmen. Und indem er darauf mit der Stimme Gottes sprach, erklärte er die Vielweiberei durch göttlichen Beschluß für eingeführt. Aber er war ein gerissener Hund, denn er begrenzte die Zahl der Frauen durch die Vermögensverhältnisse des Gatten, das schuf ihm, seinem Reichtum zufolge, vor allen anderen Männern den Vorrang. Und ob ich wollte oder nicht, mußte ich ihn bewundern, obgleich mir einleuchtete, daß die Macht in seine Hände übergegangen war, und daß er nicht zufrieden sein würde, ehe die gesamte Gewalt und aller Besitz in seiner Hand allein ruhte. Er bekam richtigen Größenwahn, vergaß ganz, daß ich es war, der ihm diese Position geschaffen hatte und traf Anstalten, mich zu vernichten.

Aber es war trotzdem sehr interessant, denn der Bengel war tatsächlich auf dem besten Wege, die primitive Gesellschaft auf seine Weise zu entwickeln. Als Inhaber des Schnapsmonopols hatte ich Einnahmen, an denen ich ihn nicht mehr teilnehmen ließ. Er überlegte sich deshalb die Sache doch eine Zeitlang und schuf dann ein System geistlicher Besteuerung. Er legte dem Volke den Zehnten auf, hielt große Reden über die fetten Erstlinge und ähnliches und verdrehte zu diesem Zwecke alle schon verdrehten Bibelstellen, die er je in seinem Leben gehört hatte. Selbst das ließ ich über mich ergehen, als er aber etwas einführte, das man als eine Art abgestufter Einkommensteuer betrachten konnte, empörte ich mich und zwar blindlings, und das war es gerade, was er bezweckt hatte. Jetzt berief er sich nämlich auf das Volk, und da es auf meine großen Reichtümer eifersüchtig war, stützte es ihn. »Warum sollen wir bezahlen und du nicht?« fragten sie. »Ist es nicht die Stimme Gottes, die durch die Lippen Moosus des Schamanen, spricht?« Ich gab also nach. Gleichzeitig aber erhöhte ich den Schnapspreis – und siehe da – er war ebenso schnell bei der Hand, seine Steuern zu erhöhen.

Dann kam es zum offenen Kriege. Ich setzte mich für Newak und Tummasook ein, weil sie ja alte traditionelle Rechte besaßen, aber Moosu trug den Sieg davon, indem er einen Klerus schuf und beiden hohe Aemter übertrug. Das

Problem der Autorität trat nun selbst an ihn heran, und er löste es so, wie es so oft gelöst worden ist. Darin lag eben mein Fehler. Ich hätte die Stelle des Schamanen, nicht die des Häuptlings übernehmen sollen. *Ich* hätte Schamane, *er* Häuptling sein sollen. Aber das sah ich leider zu spät ein, und bei dem Zusammenstoß zwischen geistlichen und weltlichen Mächten mußte ich notgedrungen den Kürzeren ziehen. Ein gewaltiger Streit wurde ausgefochten, aber sehr bald einseitig. Das Volk vergaß nicht, daß er mich gesalbt hatte, und somit war es auch ganz klar, daß die Quelle der Autorität nicht bei mir, sondern bei Moosu zu suchen war. Nur ganz wenige Getreue hielten noch zu mir, und der Führer dieser Leute war Angeit, während Moosu die Volkspartei leitete und das Gerücht verbreitete, daß ich die Absicht hätte, ihn zu überrumpeln und meine eigenen Götter, die höchst unrechtmäßige Götter waren, einzusetzen. Und in dieser Beziehung war das schlaue Luder mir tatsächlich zuvorgekommen, denn ich hatte eben diese Absicht: auf meine Königswürde zu verzichten, verstehen Sie, und mit geistigen Mitteln den geistigen Feind zu bekämpfen. Er flößte deshalb dem Volk Angst vor meinen ungerechten Göttern ein – namentlich erwähnte er einen, den er »Geschäft« nannte – und rottete dadurch meine Pläne mit der Wurzel aus.

Nun geschah es, daß Kluktu, die jüngste Tochter von Tummasook, mein Interesse erregt hatte, wie ich das ihrige. Ich leitete deswegen Verhandlungen ein, aber der Exhäuptling lehnte meine Werbung (nachdem ich schon den Kaufpreis bezahlt hatte!) ohne weiteres ab und teilte mir mit, daß sie für Moosu bestimmt wäre. Das war mir denn doch ein bißchen zu stark, und ich war schon halbwegs entschlossen, nach seiner Hütte zu gehen und ihn mit meinen bloßen Händen zu verprügeln. Aber da fiel mir ein, daß der Tabak doch beinahe aufgebraucht war, und deshalb ging ich lachend nach Hause. Am nächsten Tage machte er eine Beschwörung und verstümmelte die Legende von dem Wunder mit den Broten und Fischen, bis sie zu einer Weissagung wurde. Und zwischen den Worten hörte ich, daß sie sich gegen die Fülle von Fleisch richtete, die ich in meinen Depots aufbewahrte. Das Volk verstand auch zu hören, und da er es nicht dazu antrieb, auf die Jagd zu gehen, blieben sie zu Hause und brachten nur ein bißchen Renntier- oder Bärenfleisch ins Dorf. Ich hatte indessen meine eigenen Pläne geschmiedet, weil ich festgestellt hatte, daß nicht nur der Tabak, sondern auch das Mehl und der Syrup zur Neige gingen. Außerdem hielt ich es für meine Pflicht, die Weisheit des weißen Mannes darzutun und Moosu, der sich infolge der Macht, die ich ihm geschaffen hatte, einen Schmerbauch zugelegt hatte, ernste Sorge zu bereiten. Deshalb ging ich in derselben Nacht in meine Provianthütten und arbeitete dort mächtig. Am nächsten Tage konnte man auch sehen, daß die Hunde des Dorfes ziemlich faul waren. Niemand aber hatte eine Ahnung, warum sie es waren, und ich arbeitete deshalb jede Nacht ebenso, und die Hunde wurden immer fetter, das Volk aber immer magerer. Es murrte und verlangte die Erfüllung der Prophezeiung, aber Moosu hielt es zurück, weil er warten wollte, bis der Hunger noch größer wurde. Und nicht in seinen wildesten Träumen kam ihm der Gedanke, daß ich ihm mit leeren Lagern einen Streich spielen wollte.

Als alles fertig war, schickte ich Angeit und die wenigen Getreuen, die ich heimlich ernährt hatte, durch das Dorf, um eine Versammlung einzuberufen. Und der Stamm versammelte sich auf einem großen Platze mit festgetretenem Schnee vor meinem Hause, das von meinen auf hohen Pfählen erbauten Lagerschuppen überragt wurde. Moosu kam auch und stellte sich in den Kreis mir gegenüber. Er war sich ganz klar darüber, daß ich irgend etwas vorhatte, und war bereit, mich beim ersten Anzeichen niederzuwerfen. Aber ich stand ruhig auf und begrüßte ihn vor allen andern.

»Oh, Moosu, du Auserwählter Gottes«, begann ich. »Sicherlich hast du dich gewundert, warum ich heute diese Versammlung einberufen habe. Und ohne Zweifel bist du infolge meiner vielen törichten Handlungen auf schnelle Worte und schnelle Taten gefaßt. Aber du hast dich geirrt. Es ist einst gesagt worden, daß die Götter, wenn sie jemand vernichten wollen, ihn erst mit Wahnsinn schlagen. Und ich bin in der Tat verrückt gewesen. Ich habe deinen Willen durchkreuzt, mit deiner Autorität Spott getrieben und böse und eitle Dinge vollbracht. Deshalb hatte ich heute nacht eine Vision, und ich habe die Bosheit meiner Wege erkannt. Du standest mit flammenden Brauen wie ein strahlender Stern vor mir, und ich erkannte in meinem Herzen deine unendliche Größe. Ich sah alles ganz klar. Ich wußte, daß du das Ohr Gottes beherrschest, und daß er dir lauscht, wenn du redest. Und ich entsann mich, daß ich, wenn ich bisweilen Gutes vollbracht hatte, es lediglich dank der Gnade Gottes und der Gnade Moosus habe tun dürfen.«

»Ja, meine Kinder«, rief ich und wandte mich an das Volk. »Wenn ich recht getan und Gutes vollbracht habe, dann vollbrachte ich es nur nach dem weisen Rate Moosus. Wenn ich ihm lauschte, führten die Geschäfte zum Erfolge. Wenn ich ihm meine Ohren verschloß und meiner eigenen Torheit gemäß handelte, ging alles auch fehl. Auf seinen Rat füllte ich mein Lager mit Fleisch und konnte in einer Zeit der Finsternis die Hungernden bespeisen. Durch seine Gnade wurde ich Häuptling. Und was habe ich aus meiner Häuptlingswürde gemacht? Ich werde es euch gestehen. Gar nichts. Mein Kopf wurde von der Macht berauscht, ich wähnte mich größer als Moosu, und seht, ich habe nur Unglück geerntet. Meine Herrschaft war ohne Weisheit, und jetzt zürnen die Götter. Seht, ihr werdet von der Hungersnot gequält, die Brüste der Mütter sind trocken, und die kleinen Säuglinge schreien die langen Nächte hindurch. Und ich, der ich mein Herz gegen Moosu verhärtet habe, weiß nicht, was zu tun ist, und weiß auch nicht, wie man Lebensmittel verschaffen könnte.«

Bei diesen Worten nickten und lachten alle, das Volk steckte die Köpfe zusammen, und ich wußte, daß sie von den Broten und Fischen sprachen. Ich fuhr deshalb schnell fort: »So erkannte ich schließlich meine eigene Torheit und die unendliche Weisheit Moosus, meine Unfähigkeit und die Tüchtigkeit Moosus. Und da ich jetzt nicht mehr verrückt bin, erkenne ich es offen an und will das Böse wieder gutmachen. Ich warf meine Augen zu Unrecht auf Kluktu, denn seht, sie war Moosu versprochen worden. Und doch ist sie mein, denn habe ich Tummasook nicht den Kaufpreis in Waren bezahlt?

Aber ich bin ihrer wohl unwürdig, und sie soll aus dem Iglu ihres Vaters zu Moosu gehen. Kann der Mond wohl leuchten, wenn die Sonne scheint? Und Tummasook darf außerdem auch den Kaufpreis, den ich ihm gegeben habe, behalten, so daß sie eine freie Gabe an Moosu wird, den Gott zu ihrem rechtmäßigen Herrn gemacht hat.

Und ferner schenke ich, weil ich meine Reichtümer auf unrichtige Weise und nur um euch, oh ihr meine Kinder, zu unterdrücken, verwendet habe, Moosu die Petroleumkanne und ebenso den Schwanenhals und den Gewehrlauf und den Kupferkessel. Ich kann also keine Reichtümer mehr zusammenraffen, und wenn ihr nach Schnaps durstet, wird Moosu euren Durst stillen, und ohne euch zu berauben. Denn er ist ein großer Mann, und Gott spricht durch seine Lippen.

Und ferner hört: Mein Herz ist weich geworden, und ich bin von meinem Wahnsinn geheilt. Ich, der ich ein Narr und der Sohn von Narren bin, der ich ein Sklave des bösen Gottes ›Geschäft‹ bin, ich, der ich die leeren Mägen sehe und nicht weiß, wie sie füllen ... warum, oh, ihr Geliebten, soll ich Häuptling sein? Und über euch herrschen, damit ihr untergeht? Warum sollte ich dieses tun, ich, der ich nicht gut bin? Aber Moosu, der ein Schamane und über alles Menschenvermögen hinaus weise ist, kann mit weicher und gerechter Hand herrschen. Und infolge der Umstände, die ich euch berichtet habe, trete ich zurück und übergebe Moosu meine Häuptlingswürde. Denn er allein weiß, wie ihr Nahrung bekommen werdet in diesen bitteren Tagen, da es im ganzen Lande nichts zu essen gibt.«

Und da klatschten alle begeistert in die Hände, und das ganze Volk schrie: »Kloske, Kloske«, was ›gut‹ bedeutet. Ich hatte in den Augen Moosus das große Staunen gelesen, denn er konnte nicht verstehen und war voller Furcht vor der Weisheit des weißen Mannes. Ich hatte alle seine Wünsche erfüllt und war sogar noch darüber hinausgegangen. Und als ich dastand und mich selbst der ganzen Macht entkleidet hatte, wußte er, daß es nicht der rechte Augenblick war, das Volk gegen mich aufzuhetzen.

Und ehe sie sich zerstreuen konnten, hatte ich ihnen noch mitgeteilt, daß Moosu zwar meine Destille bekäme, daß aber aller Schnaps, den ich noch besaß, in den Besitz des Volkes überging. Moosu versuchte dagegen zu protestieren, denn wir hatten bisher stets nur erlaubt, daß eine kleine Anzahl von Männern sich gleichzeitig betranken, aber sie schrien schon: »Kloske, Kloske« und bereiteten ein Fest vor der Tür meiner Hütte vor. Und während die Leute draußen immer aufrührerischer wurden, je mehr der Branntwein ihnen zu Kopfe stieg, hielt ich drinnen eine Sitzung mit Angeit und meinen Getreuen ab. Ich sagte ihnen, was jeder einzelne tun sollte, und legte in ihren Mund, was sie zu sagen hatten. Dann schlich ich mich nach einem geheimen Ort im Walde, wo ich zwei Schlitten bereit hielt. Sie waren schwer beladen, und die Hundegespanne waren nicht überfüttert. Der Frühling stand vor der Tür, wissen Sie, und es hatte sich schon eine Kruste auf dem Schnee gebildet. Es war also der rechte Augenblick, um südwärts zu reisen. Außerdem war auch der Tabak zu Ende. Ich wartete seelenruhig, denn ich hatte nichts zu fürchten. Wenn sie mich wirklich verfolgten, waren ihre Hunde zu fett und sie selbst zu mager, um mich einholen zu können. Außerdem meinte ich mich hinreichend vorbereitet zu haben, um ihnen in jeder Weise gewachsen zu sein.

Zuerst kam einer meiner Getreuen gelaufen und nach ihm noch einer. »O Meister«, rief der erste atemlos. »Es herrscht große Verwirrung im Dorfe, keiner weiß, was er selber will, und sie wollen alle sehr viele verschiedene Dinge. Alle haben sie allzuviel getrunken, einige von ihnen spannen ihre Bogen und andere streiten sich. Nie habe ich eine solche Verwirrung gesehen.«

Und der zweite sprach: »Ich habe getan, wie du uns geboten hast, o Meister, habe schlaue Worte in durstige Ohren geflüstert und Erinnerungen an alte Tage erweckt. Das Weib Ipsukuk jammerte über ihre Armut und über die Reichtümer, die ihr nicht mehr gehören. Und Tummasook sieht sich wieder als Häuptling, und das Volk ist hungrig und rast hierhin und dorthin.«

Und ein dritter berichtete: »Und Newak hat die Altäre Moosus umgestürzt und ruft die ehrwürdigen Götter vergangener Tage an. Und das ganze Volk gedenkt des Ueberflusses, der früher durch die Kehlen strömte und den es nicht mehr besitzt. Und zuerst kämpfte Esanetuk, die tumtum-krank ist, mit Kluktu, und es gab viel Lärm. Und da sie beide Töchter derselben Mutter sind, kämpften sie darauf mit Tukelitha. Und dann überfielen alle drei Moosu mit beiden Händen wie gewaltige Windstöße, bis er aus dem Iglu lief und das ganze Volk ihn verhöhnte. Denn ein Mann, der seine Frauen nicht beherrschen kann, ist ein Narr.«

Dann kam Angeit: »Großes Elend hat Moosu betroffen, o Meister, denn ich habe erfolgreich geflüstert, bis das Volk zu Moosu ging und sagte, daß es hungrig wäre und die Erfüllung der Weissagung verlangte. Und alle schrien laut Itlwillie! Itlwillie! (Fleisch). Er rief deshalb seinen Frauen zu, daß sie Frieden halten sollten, denn Zorn und Schnaps hatten sie übermannt, und führte den Stamm zu deinen Fleischlagern. Und dort forderte er die Männer auf, sie zu öffnen und davon zu essen. Und siehe, die Häuser waren leer. Es war gar kein Fleisch da. Sie standen wortlos da; das ganze Volk war von Furcht erfüllt, und in dieser Stille erhob ich meine Stimme und sagte: »O Moosu, wo ist das Fleisch? Wir wissen genau, daß Fleisch da war. Haben wir es nicht auf der Jagd erbeutet und hergeschafft? Es würde eine Lüge sein, wenn man sagen wollte, daß ein Mann es gegessen hätte. Und doch sehen wir weder Haut noch Haar. Wo ist das Fleisch, Moosu? Du hast das Ohr Gottes. Wo ist das Fleisch?«

Und das ganze Volk schrie: »Wo ist das Fleisch? Du hast das Ohr Gottes.« Und sie falteten ihre Hände und waren voller Furcht. Dann ging ich unter ihnen herum, sprach furchtsam von unbekannten Dingen, von den Toten, die kommen und als Schatten umgehen und Böses tun, bis sie alle vor Angst laut schrien und sich zusammenscharten wie kleine Kinder, die sich im Dunkeln fürchten. Neewak hielt eine Rede und legte das Unglück, das sie betroffen hatte, Moosu vor die Tür. Als er fertig war, gab es große Aufregung, sie nahmen die Speere in die Hand, Zähne von Walrossen, Keulen und Steine vom Strande. Aber Moosu flüchtete in seine Hütte, und da er vom Schnaps nicht getrunken hatte, konnten sie nichts gegen ihn ausrichten, und einer stolperte über den anderen, und so ging es nur langsam. Auch jetzt noch stehen sie vor seiner Hütte und heulen, und drinnen heulen seine Frauen, und infolge des vielen Lärms kann er sich kein Gehör schaffen.«

»O Angeit, du hast klug gehandelt«, lobte ich ihn. »Geh jetzt, nimm den leeren Schlitten und die mageren Hunde und fahre schnell nach Moosus Iglu. Und ehe das Volk, das betrunken ist, es merkt, wirfst du ihn auf den Schlitten und bringst ihn hierher.«

Ich wartete und gab inzwischen meinen Getreuen gute Ratschläge, bis Angeit wiederkam. Moosu lag auf dem Schlitten, und an den Malen an seinem Hals erkannte ich, daß seine Frauen ihn richtig behandelt hatten. Aber er taumelte vom Schlitten, fiel vor meinen Füßen in den Schnee und rief: »O Meister, du wirst deinem Moosu alles Arge, das er getan hat, verzeihen! Du bist ein großer Mann, sicherlich wirst du mir verzeihen!«

»Rufe mich nur ›Bruder‹, o Moosu, rufe mich ›Bruder‹«, spottete ich und brachte ihn auf die Beine. »Wirst du jetzt für immer gehorchen?«

»Ja, o Meister«, wimmerte er. »Ich werde es künftig immer tun.«

»Dann lege gefälligst deinen Körper auf diese Weise quer über den Schlitten.« Ich nahm die Hundepeitsche in die rechte Hand. »Und halte dein Gesicht nach unten, gegen den Schnee gerichtet. Und beeile dich, denn wir fahren schon heute nach dem Süden. Und als er sich zurechtgelegt hatte, begann ich mit der Peitsche auf ihn loszuschlagen, und bei jedem Hieb erzählte ich ihm das Unrecht, das er mir angetan hatte. »Dies für deine Ungehorsamkeit im allgemeinen – Schwapp! Schwapp! Und dies für deine Ungehorsamkeit im besonderen – Schwapp! Schwapp! Und dies für Esanetuk – Und dies für das Wohlergehen deiner Seele – Schwapp! Und dies für die Gnade deiner Herrschsucht! Und dies für Kluktu! Und dies für die Rechte, die von Gott stammen! Und dies für

166

deinen fetten Erstling! Und dies und dies für deine Einkommensteuer und deine Brote und deine Fische! Und dies für deine gesamte Ungehorsamkeit! Und zum Schluß dies, damit du künftig vernünftig bist und vernünftig handelst. Und jetzt läßt du das Heulen und stehst auf. Schnall dir die Schneeschuhe an, geh voran und tritt die Fährte für die Hunde fest. Los! Vorwärts!«

Thomas Stevens lächelte ruhig vor sich hin, während er sich die fünfte Zigarre ansteckte und krause Rauchringe zur Decke blies.

»Aber wie ging es dem Volk von Tattarat?« fragte ich. »Es war doch ein bißchen hart, es so einfach in der Hungersnot sitzen zu lassen.«

Und lachend sagte er zwischen zwei Ringen: »Hatte es denn nicht die fetten Hunde?«